ममता कालिया

ममता कालिया का जन्म 2 नवम्बर, 1940 को वृन्दावन, उत्तर प्रदेश में हुआ। दिल्ली विश्वविद्यालय से एम.ए. करने के बाद उन्होंने दिल्ली, मुम्बई और इलाहाबाद में अरसे तक प्राध्यापन किया। 1963 से शुरू हुआ उनका रचनात्मक सफर आज भी अबाध रूप से जारी है।

उनकी प्रमुख कृतियाँ हैं—'बेघर', 'नरक-दर-नरक', 'तीन लघु उपन्यास', 'दौड़', 'दुक्खम-सुक्खम', 'सपनों की होम डिलिवरी', 'कल्चर-वल्चर' (उपन्यास); 'छुटकारा', 'सीट नम्बर छह', 'उसका यौवन', 'एक अदद औरत', 'जाँच अभी जारी है', 'निर्मोही', 'मुखौटा', 'बोलनेवाली औरत', 'प्रतिदिन', 'थोड़ा-सा प्रगतिशील', 'खुशकिस्मत', 'पच्चीस साल की लड़की' (कहानी-संग्रह); A Tribute to Papa and other Poems, Poems 78, 'खाँटी घरेलू औरत', 'पचास कविताएँ', 'कितने प्रश्न करूँ' (कविता-संग्रह); 'कल परसों के बरसों', 'सफर में हमसफर', 'कितने शहरों में कितनी बार', 'अन्दाज़-ए-बयाँ उर्फ रवि कथा', 'जीते जी इलाहाबाद' (संस्मरण); 'भविष्य का स्त्री विमर्श', 'स्त्री विमर्श का यथार्थ', 'स्त्री विमर्श के तेवर' (निबन्ध-संग्रह); 'महिला लेखन के सौ वर्ष' (सम्पादन)।

वे महात्मा गांधी अन्तरराष्ट्रीय हिन्दी विश्वविद्यालय, वर्धा की इंग्लिश पत्रिका 'HINDI' की सम्पादक भी रह चुकी हैं।

उन्हें उत्तर प्रदेश हिन्दी संस्थान के 'यशपाल कथा सम्मान' (1985), 'साहित्य भूषण सम्मान' (2007), 'राममनोहर लोहिया सम्मान' (2014), के.के. बिरला फाउंडेशन के 'व्यास सम्मान' (2017), ढींगरा फैमिली फाउंडेशन, अमेरिका के 'लाइफटाइम अचीवमेंट अवार्ड' (2020), 'ओ.पी. मालवीय स्मृति सम्मान' (2020) समेत अनेक सम्मान और पुरस्कार प्रदान किए जा चुके हैं।

ई-मेल : mamtakalia011@gmail.com

सपनों की होम डिलिवरी

ममता कालिया

लोकभारती पेपरबैक्स

लोकभारती पेपरबैक्स में
पहला संस्करण : 2016
तीसरा संस्करण : 2024

लोकभारती पेपरबैक्स : उत्कृष्ट साहित्य के जनसुलभ संस्करण

लोकभारती प्रकाशन
पहली मंजिल, दरबारी बिल्डिंग, महात्मा गांधी मार्ग,
प्रयागराज-211 001
द्वारा प्रकाशित

शाखाएँ : 1-बी, नेताजी सुभाष मार्ग, दरियागंज, नई दिल्ली-110 002
अशोक राजपथ, साइंस कॉलेज के सामने, पटना-800 006
1, अनमोल सोराबजी संतुक लेन, धोबी तलाव, मरीन लाइंस, मुम्बई-400 002

वेबसाइट : www.lokbhartiprakashan.com
ई-मेल : info@lokbhartiprakashan.com

बी.के. ऑफसेट
नवीन शाहदरा, दिल्ली-110 032
द्वारा मुद्रित

मूल्य : ₹ 199

SAPNON KI HOME DELIVERY
Novel by Mamta Kalia

ISBN : 978-93-5221-162-3

प्राक्कथन

कुछ समय पहले विदेश की एक लोकप्रिय पाककला विशेषज्ञ नाइजैला लॉसन और उसके पति साची के झगड़े की चर्चा सरेआम हुई थी। उसमें साची ने नाइजैला की गर्दन पकड़ ली। दोनों मशहूर हस्तियाँ थीं। मीडिया ने दृश्य कैमरे में क़ैद कर लिया और ख़बरों में ख़ुलासा किया। मेरे मन-मस्तिष्क पर इस ख़बर का चकरघिन्नी असर हुआ। उठते-बैठते मुझे साची की उँगलियाँ नाइजैला के गले पर धँसती दिखाई देतीं। ऊपर से साची की हिमाकत यह कि वह अपनी सफ़ाई में कहता रहा, "मैंने गर्दन पकड़ी थी लेकिन दबाई नहीं, यह देखो वह रो भी नहीं रही है।" मुझे धूमिल की पंक्तियों का ध्यान आया,

लोहे का स्वाद
लोहार से मत पूछो
उस घोड़े से पूछो
जिसके मुँह में लगाम है

नाइजैला-जैसी चपल, चंचल, वाक्चतुर महिला की इस घटना पर प्रतिक्रिया खुलकर उस वक़्त सामने नहीं आई, किन्तु अगले दिन उसने घर में अपना सामान समेटना शुरू कर दिया। शाम होते न होते

वह अपने पुराने घर चली गई। उसके लाखों चाहनेवालों को सन्तोष हुआ कि उसने अपने स्वाभिमान के साथ समझौता नहीं किया।

यह तो एक उदाहरण है। महिलाओं के साथ दिन भर में जाने कितनी ऐसी घटनाएँ होती रहती हैं जिन पर, यदि वे गम्भीरता से सोचें तो भारतीय परिवारों की चिन्दियाँ उड़ जाएँ। यह कहना कि स्त्री स्वभाव से सहनशील होती है, सहनशीलता का उपहास उड़ाना है क्योंकि दिन पर दिन इसका घेरा चुनौतीपरक होता जा रहा है।

दरअसल घटनाएँ, ख़बरें और जानकारियाँ मेरे ऊपर विद्युत् प्रभाव छोड़ती हैं। उन लमहों में, यह अच्छा होता है कि काग़ज़ और क़लम मेरे आसपास नहीं होते। लिखूँ तो काग़ज़ में सुराख़ हो जाए और नहीं लिखती तो चेतना में तड़फड़ और तिलमिलाहट। 'सपनों की होम डिलिवरी' में इसका कुछ प्रतिशत ही आ पाया क्योंकि पात्र अपना विकास अपने आप कर लेते हैं, ट्रैफ़िक की तरह उनका रास्ता बार-बार मोड़ा नहीं जा सकता। रचना के साथ सबसे अजूबी चीज़ यही है। कभी तो लिखना इतना सरल लगता है कि मलाई की तरह क़लम से आखर अनन्त निकले चले आएँ और कभी इतना कठिन कि काग़ज़ मुझे घूर रहा है, मैं काग़ज़ को घूर रही हूँ; चाय, कॉफ़ी, वोदका किसी से भी क़लम का ताला नहीं टूट रहा। ऐसे दिनों को मैं अमावस की रैन मानती हूँ।

—ममता कालिया

सपनों की होम डिलिवरी

शमशेर ने उसके तंज़ का कोई जवाब न देकर कहा था, 'हमारे सारे किरायेदार केटरिंग सर्विस से खाना मँगाते हैं। खुद हमारी मिसेज़ ने आज तक खाना नहीं पकाया। आप एक माइक्रोवेव ओवन रख लीजिए और दो चार ओवनप्रूफ बर्तन।'

रुचि को हल्की सी तसल्ली भी हुई थी कि जीने का यह बड़ा आसान तरीका होगा। फिर हफ्ते में दो-दो दिन दोनों चैनलों पर पाककला के नमूने प्रस्तुत करने के बाद उसके अन्दर इतनी ऊर्जा ही नहीं बचती थी कि वह अपने खाने के बारे में सोचे।

जिज्ञासा ने सुझाया, 'आजकल तो खाना बनाना बड़ा आसान हो गया है। तू ढेर से तैयार व्यंजनों के पैकेट खरीद लेना और एकदम शाही अन्दाज़ में दावत खाना। हमें भी बुला लिया करना। मैं किसी को बताऊँगी नहीं कि राष्ट्रीय ख्यातिप्राप्त व्यंजन रानी रुचि कैसे रहती हैं।' रुचि चाहती तो बड़ा मकान ले सकती थी लेकिन इस इमारत का रख-रखाव उसे पसन्द आया। एक तो दोनों चैनलों के स्टूडियो यहाँ से करीब थे, दूसरे ओशिवरा स्थित यह 'विक्टोरिया चेम्बर्स' मशहूर बिल्डर सनटॉप वालों के थे जिनकी सुरक्षा व्यवस्था के बारे में कहा जाता था कि यहाँ ताले-चाभी का क्या काम। फाटक पर कड़ा सुरक्षा प्रबन्ध था। हर फ्लैट टॉवर के इंटरकॉम से जुड़ा हुआ था।

रुचि के अनेक प्रशंसक और प्रशंसिकाएँ थीं। वे उसे सराहना के खत लिखते, फोन करते और ई-मेल भी। टी.वी. चैनल के माध्यम से भी पत्र आते। कभी किसी दिलचस्प खत का जवाब कार्यक्रम के दौरान दिया जाता। इससे कार्यक्रम की टी.आर.पी. बढ़ जाती। प्रायोजकों के सुझाव पर महीने में एक दिन, सबसे दिलचस्प खत लिखनेवाले दर्शक को कार्यक्रम में आमंत्रित किया जाता। उससे उसी की पसन्द का व्यंजन बनवाया जाता। ज़्यादातर ऐसी आगन्तुक महिलाएँ या लड़कियाँ होतीं।

कभी-कभी ऐसा पुरुष प्रशंसक भी आ पहुँचता जो खाने या खिलाने का शौकीन होता। ऐसे ही एक आमंत्रित आयोजन में सर्वेश नारंग को बुलाया गया था।

नहीं, सर्वेश नारंग 'सुरुचि' कार्यक्रम का प्रशंसक नहीं था। उसने चैनल को लिखे अपने पत्र में रुचि के व्यंजन को चुनौती दी थी। रुचि के लिए यह पहला मौका था कि किसी ने उसकी पाककला पर प्रश्नचिह्न लगाया। कार्यक्रम निर्देशक ने निर्णय लिया कि ऐसे दर्शक को कार्यक्रम में बुला कर शान्त अवश्य किया जाए नहीं तो वह नकारात्मक वातावरण बनाता रहेगा। के.के. जोशी बोले, 'किसी के मुँह पर तो टेप नहीं लगाया जा सकता, उसे जो बोलना है, हमारे कार्यक्रम में बोले, जगह-जगह विषवमन न करे।'

रुचि ने याद किया पिछले हफ्ते उसने 'दलिया भरी आलू टिक्की' व्यंजन की विधि प्रस्तुत की थी। व्यंजन इस प्रकार था—

उबले आलू	— 4
दलिया	— 25 ग्राम
ब्राउन ब्रेड	— 2 स्लाइस
नमक स्वादानुसार	
थोड़ी सी सूजी	
लाल मिर्च	1/2 चम्मच
जीरा	1/2 चम्मच
चाट मसाला	1/4 चम्मच
हरी मिर्च	— 1
हरा धनिया	— थोड़ा-सा
रिफाइंड तेल	

कार्यक्रम के पूर्व रुचि ने यह व्यंजन बनाने की रिहर्सल भी की थी। विधि संतोषजनक पाने पर ही वह दर्शकों के सामने पहुँची थी।

सर्वेश नारंग की शिकायत थी कि यह टिक्की इतनी गरिष्ठ है कि सामान्य आमाशय का आदमी इसे पचा नहीं सकता। उसने घर पर यह टिक्की बनाई। उसकी माँ ने यह व्यंजन खाकर रात भर करवटें बदलीं। उन्हें वायु और बदहज़मी का दौरा पड़ गया।

सर्वेश नारंग ने बेहद गुस्से में पत्र लिखा, 'अव्वल तो आपको अपने कार्यक्रम में यह बताना चाहिए कि किस व्यंजन को कितने साल का आदमी खा सकता है। मधुमेह, रक्तचाप और बदहज़मी वालों के लिए अलग से निर्देश होने चाहिए। आपकी विशेषज्ञा आध घंटे में मुश्किल से मुश्किल व्यंजन बना कर, पर्स लटका कर चली जाती हैं। यह दर्शकों के प्रति सरासर अन्याय है।' मीटिंग में रुचि भी मौजूद थी। उसने कहा, 'उन्हें उत्तर दे दीजिए हम कोई हेल्थ फूड प्रोग्राम नहीं करते। यह शुद्ध रूप से स्वस्थ, नॉर्मल, खाने-पीने के शौकीन लोगों के लिए कार्यक्रम है।'

निर्देशक के.के. जोशी ने सिर हिलाया, 'नो मिस रुचि, हम कोई लफड़ा नहीं माँगते। आप उसको अपनी बात से कायल करो तभी जमेगा।'

रुचि को चुनौती मिल गई। उसने कमर कस ली। रात भर उसने विचार किया। अन्ततः वह मान गई कि सर्वेश नारंग को उसके कार्यक्रम में अतिथि की हैसियत से बुलाया जाए।

प्रायः रुचि पाश्चात्य पोशाक में स्क्रीन पर आती। उस दिन उसने पारम्परिक साड़ी ब्लाउज़ पहना और माथे पर बड़ी सी बिन्दी लगाई। स्टूडियो के मेकअप रूम में दर्पण ने उसे बताया कि वह खूब फब रही थी। कार्यक्रम से बीस मिनट पहले सर्वेश नारंग अपनी सफेद कार में प्रकट हुआ। वह कोई युवा तुर्क नहीं बल्कि तकरीबन पचास साल का परिपक्व व्यक्ति था। अपने पत्र के तेवर से अलग वह नपा-तुला बोलने वाला आदमी लगा।

पूर्व योजना के अन्तर्गत निर्धारित वाक्य बोलते हुए रुचि ने बताया कैसे 'सुरुचि' कार्यक्रम महिलाओं के साथ-साथ पुरुषों और बच्चों का भी पसन्दीदा है। उसने सर्वेश नारंग का परिचय देते हुए कहा कि सर्वेश हमारे व्यंजन में अपनी ओर से परिवर्तित विधि प्रस्तुत करने जा रहे हैं।

सर्वेश ने कार्यक्रम के प्रस्तुतीकरण में काफी आत्मविश्वास का परिचय दिया। उसने तयशुदा आलेख से हट कर कहा, 'आलू की टिक्की हम सबका मनपसन्द नाश्ता है। इसलिए यह ज़रूरी है कि इसे ऐसे बनाया जाए जिससे यह हल्का और सुपाच्य हो और हर उम्र के खाने वाले को हज़म हो जाए।' रुचि मैम की व्यंजन विधि में मेरी तरफ़ से यह बदलाव पेश है।' सर्वेश ने आलू की पिट्ठी उठा कर उसे गोल टिक्की का आकार दिया और दर्शकों को सम्बोधित किया, 'इसमें दलिये की जगह आप उबली हुई मूँग दाल और हरा धनिया भर सकती हैं। दूसरा सुझाव है इसमें बारीक कटा प्याज़ भर सकती हैं। तीसरा तरीका है आप इसमें कॉर्नफ्लेक्स भर सकती हैं। इसे तलने की बजाय छिछले तवे पर आप एक चम्मच तेल में सेंक सकती हैं।' सर्वेश ने बड़े सुथरेपन से समस्त विधि का डेमो (demo) दिया।

कार्यक्रम खत्म होने के बाद जैसा रिवाज़ था, पूरी इकाई ने व्यंजन चखा। इसमें शक नहीं कि आलू की यह नई टिक्की स्वादिष्ट और हल्की थी। इस सिलसिले में रुचि को थोड़ी सी तकलीफ़ हुई पर ज़्यादा नहीं। उसे पता था कि 'क' चैनल के पास उसका विकल्प नहीं था। बहुत से अखबार और पत्र-पत्रिकाएँ उससे व्यंजन स्तम्भ लिखवातीं और सचित्र छापतीं। उसकी कई पुस्तकें भी प्रकाशित हो चुकी थीं। दर्शकों और पाठकों के बीच वह घर-घर में रचा-बसा नाम हो गई थी। उसके कितने ही व्यंजन इतने लोकप्रिय थे कि चैनल उन्हें बार-बार दिखाता।

उस दिन सर्वेश और रुचि के बीच विज़िटिंग कार्ड का आदान-प्रदान महज़ औपचारिकता रही। दोनों में से किसी को भी परस्पर कोई अदम्य आकर्षण अनुभव नहीं हुआ। वैसे सर्वेश उसका कार्यक्रम दोनों चैनलों पर देखता रहा। उसे यही लगता कि रुचि की व्यंजन विधियों से ज़्यादा जानदार उसकी प्रस्तुति विधि है। उसकी मुस्कान और हँसी में जीवन्तता थी, आवाज़ में माधुर्य। वह जिस अदा से कढ़ाही में करछुल चलाती, माइक्रोवेव ओवन खोल कर उसमें व्यंजन की ट्रे लगाती या जैसे वह प्लेट में खाना सजाती, उसके आगे व्यंजन का स्वाद क्या चीज़ था।

आठ हफ्ते बाद यकायक 'स्वाद' कार्यक्रम के लिए सर्वेश नारंग को बुलावा मिला। 'म' चैनल के इस कार्यक्रम में सर्वेश नारंग को 'मेहमान का पकवान' प्रस्तुत करना था। उसे लगा इस बुलावे में रुचि शर्मा का हाथ हो सकता है।

सर्वेश नारंग खाना बनाने और खाने को ग़ैरज़रूरी कामों की फेहरिस्त में रखता था। उसे लगता जो काम दूसरे लोग हमसे ज़्यादा सुघड़ तरीके से कर सकें उसमें अपनी ऊर्जा लगाना फिजूल है। इतने अच्छे रेस्तराँ और टेक होम सर्विसों के रहते खाना बनाना समय की बरबादी के सिवा कुछ भी नहीं।

लेकिन उसका खोजी मन रुचि शर्मा को उतना ग़ैरज़रूरी मानने को तैयार न था। इन दिनों माँ उसके पास आई हुई थीं। उन्होंने भी कहा, 'पुत्तर जा के देख तो सही वो कुड़ी पुट्ठे-सिद्धे की पकवान सिखांदी है। तू टी.वी. पर दिसेगा तो मैनूँ भौत चंगा लगेगा।'

अगस्त का महीना था, सावन का मौसम। सर्वेश ने टी.वी. के छोटे पर्दे पर कहा, 'रिमझिम फुहारों में आप कुछ मीठा, कुछ नमकीन खाना चाहते हैं। तो आज मैं आपको पुए और पकौड़े बनाने की विधि बताता हूँ। पुए को कई शहरों में गुलगुले भी कहा जाता है। अंग्रेजी में इसे डोनट कहते हैं। इसे बनाने का तरीका बहुत आसान है।'

सर्वेश नारंग की सक्रियता और दक्षता दर्शनीय थी। उसने बिल्कुल पेशेवर अन्दाज़ में कहा, 'थोड़ी-सी सूजी, पिसी हुई चीनी, छोटी इलायची और सौंफ आधे दूध, आधे पानी के साथ घोल लें। 10 मिनट घोल को ढँक कर रखें।

'तब तक हम कढ़ाही चढ़ाते हैं।

'लीजिए हो गए 10 मिनट। एक बार फिर घोल को फेंट लीजिए। कढ़ाही में रिफाइंड तेल गर्म करें। गोल चम्मच से गर्म तेल में पुआ छोड़ें। फूलते ही, आँच धीमी करें। एक-एक पुए को अलग-अलग उलटें पलटें। लीजिए, पुए तैयार हैं।'

सहायक वीरेन्द्र सिंह ने प्लेट आगे रखी किन्तु लीक से हट कर सर्वेश ने पुओं को एक छोटी ट्रे में रखा और कहा, 'चख कर देखिए मैडम।'

बिना वक्त गँवाए सर्वेश ने अगला आइटम पेश किया, 'पकौड़े आप सब खाते खिलाते होंगे। आपने गौर किया होगा कि हर घर के पकौड़ों का स्वाद कुछ अलग, कुछ खास होता है। अक्सर लोग अपना ट्रेड सीक्रेट बताते नहीं हैं।

लीजिए, पकौड़ों की विधि यह है—

(1) फूलगोभी जिसके फूल अलग किए हुए हों।

(2) बेसन

(3) नमक, अजवायन स्वादानुसार

(4) हरी मिर्च-2

(5) अनारदाना पिसा हुआ—एक चम्मच

(6) चुटकी भर खाने का सोडा।

सर्वेश धड़ल्ले से बोल रहा था। उसका आत्मविश्वास देखकर लग रहा था वह पेशेवर रसोइया है। कार्यक्रम रोचक रहा, प्रस्तुति भी जानदार थी। आध घंटे की समय सीमा में उसने दो व्यंजन बना कर दिखा दिए।

निर्देशक के.के. जोशी ने प्रोग्राम के बाद सर्वेश से पूछा भी, 'क्या आप भी किसी होटल वगैरह से जुड़े हुए हैं?'

'नहीं' सर्वेश हँसा, 'मैं तो खोजी पत्रकार हूँ, सारा दिन खबर सूँघता हूँ, रात को रिपोर्ट करता हूँ।'

जोशी थोड़ा सहम गया। समय ऐसा था कि मीडिया से सब डरते। समाचार चैनलों पर कभी-कभी किसी नेता या व्यवसायी का रँगे हाथों पकड़ा जाना दिखाया जाता और उस चैनल की टीआरपी बेतहाशा बढ़ जाती। दो-चार दिन आरोप-प्रत्यारोप का वितंडा रहता और उसके बाद उन खोजी पत्रकारों से परिचय करवाया जाता जिन्होंने उस खबर को अंजाम दिया। ये पत्रकार स्क्रीन के सामने ऐसे खड़े होते जैसे उन्होंने नंगे हाथों शेर मारा हो। कुछ दिनों के लिए घूसखोरों, कालाबाज़ारियों और भ्रष्ट नेता-अफसरों के जलठंडे रहते।

खोजी पत्रकारिता पाँचवीं सत्ता बनती जा रही थी।

रुचि ने स्टूडियो से बाहर आते हुए कहा, 'आपने अपने दोनों व्यंजन तले हुए बनाए हैं जबकि उस दिन आपको इसी बात पर एतराज़ था कि मेरा व्यंजन तला हुआ है।'

सर्वेश ने कहा, 'आपके व्यंजन में तलना ज़रूरी नहीं था, वह ऊपर से थोपा गया था।'

'इस पर लम्बी बहस हो सकती है।'

'मैं इतना वक्त आपको नहीं दे सकता', जेब से मोबाइल निकाल कर सर्वेश ने घड़ी देखी और कहा, 'फिर मेरे लिए खाना-पीना इतना अहम काम नहीं।' सर्वेश बिना विदा का इंगित किए अथवा एक भी अतिरिक्त शब्द बोले बिना चला गया।

रुचि को इस आदमी से चिढ़ हुई। अच्छा भला पत्रकार है, अपने अखबार से मतलब रखे। उसके कार्यक्षेत्र में अपनी टाँग क्यों अड़ाता है?'

यह तो कई दिन बाद रुचि पर उद्घाटित हुआ कि उसके लिए हज़ारों प्रशंसकों के बावजूद इस एक आलोचक सर्वेश नारंग की असहमति क्यों अहम हो गई।

मौसम बदले। व्यंजन तालिकाएँ बदलीं। 'सुरुचि' और 'स्वाद' कार्यक्रमों की सफलता बढ़ती गई।

रुचि खुद विस्मित थी। इन कार्यक्रमों में ऐसा क्या है कि इनकी टी.आर.पी ए-ग्रेड कार्यक्रमों से टक्कर लेती है। पैसा उस पर बरस रहा था, आयकर की राशि हर साल बढ़ रही थी लेकिन कभी-कभी रुचि अवसादग्रस्त हो जाती। उसे लगता उसका जीवन मशीनी बनता जा रहा है। उसके जीवन में बस पाकशास्त्र ही पाकशास्त्र रह गया है। इतने साल बीत गए, इतनी उच्च शिक्षा बरबाद गई। पता नहीं कैसे वह कलम की जगह करछुल से जीविका कमाने लगी। इससे भी बड़ी हैरानी की बात यह थी कि टेलिविजन की पाककला विशेषज्ञा, अपने घर में खाना बनाने में ज़रा भी यकीन नहीं करती। वह चाय, कॉफी और ठंडे पेय पदार्थों पर दिन निकालती। कभी-कभी वह चावल उबालती अथवा आलू ओशिवरा में 'टेक होम' केटरिंग सर्विस का बोलबाला था। रही सही कमी उन फूड-गिफ्ट के पैकेटों से पूरी हो जाती जो विभिन्न डिब्बा बन्द आहार तथा मसाला कम्पनियाँ उसे इस गुज़ारिश के साथ भेजतीं कि वह इन उत्पादों के विज्ञापन में मॉडलिंग करना कबूल कर ले। वह देख सकती है कि उसी के बनाए व्यंजन इन मसालों अथवा सामग्री के साथ कितने लजीज़ बने हैं। अक्सर उसका फ्रिज ऐसे आहार-उपहारों से भरा रहता।

तभी कूरियर ने आकर उसे एक कार्ड थमाया, उसके दस्तखत लिए और चला गया।

रुचि ने बेमन से कार्ड निकाला कि होगा किसी प्रशंसिका का। कार्ड में लिखा था 'क्या तुम मेरी वेलेंटाइन बनोगी?' एकदम घसीटकर हस्ताक्षर किए गए थे जो पढ़ने में नहीं आ रहे थे। बड़ी मुश्किल से पहला अक्षर स और अन्तिम अक्षर 'ग' समझ आया।

चकरघिन्नी हो गई रुचि। उसने ऐप पर लिखा 'गलत पते पर तो नहीं भेज दिया कार्ड?'

सर्वेश ने जवाबी मैसेज किया, 'पता सही है।'

रुचि ने एसएमएस किया, 'मैं तुम्हें नहीं जानती।'

'जान जाओगी,' जवाब आया।

एकाकी जीवों के जीवन में इस ऐप चैट या एस.एम.एस. बाज़ी की बड़ी भूमिका होती है। इसमें फासले फलाँग लगा कर मिटते हैं। जो बात मुँह पर कहने में ज़माने लग जाएँ वह ऐप्स या एस.एम.एस. से खट् से कह ली जाती है। रुचि के जीवन में यह घटित हुआ।

जब भी वह अकेली बैठती वह सर्वेश को ऐप पर मैसेज कर डालती। सर्वेश कितना भी व्यस्त हो, तत्काल उत्तर देता, साथ कोई चुटकुला या चित्र अपलोड कर देता। रुचि का मन उत्फुल्ल हो जाता। यह मिलते हुए न मिलना और न मिलते हुए मिलना जैसा अनुभव

था। सन्देशों की इन छोटी-छोटी पंक्तियों ने उनके बीच की कई दीवारें तोड़ दीं।

सबसे बड़ी दीवार अपरिचय की थी।

अगर कभी रुचि पूछती, 'कल का शो कैसा रहा?' उसे उत्तर मिलता, 'कैसा शो, मैंने तो सिर्फ तुम्हें देखा।'' ऐसे सँदेशे में रुचि को पूरा वाक्य न दिखता। बस यही याद रह जाता, 'मैंने तो सिर्फ तुम्हें देखा।'

अगले शो पर रुचि और भी ध्यान से तैयार होती। कार्यक्रम प्रस्तुत करते समय उसमें एक अतिरिक्त ऊर्जा आ जाती। यूनिट के लोग भी विस्मित हो जाते, 'रुचि मैम आजकल बहुत स्मार्ट लग रही हैं।' सर्वेश भी अपने अन्दर स्फूर्ति पाता और अगले दिन का अपना आलेख एक नए कोण से लिखता। उनकी मुलाकातें यदा-कदा होतीं। दोनों की शामें घिरी रहतीं।

एक रविवार वे सुबह की फिल्म के लिए इरॉस में मिले। यह एक फ्रांसीसी फिल्म थी जिसमें समलैंगिकता को प्राकृतिक, सुन्दर और सही ठहराया गया था। आधी फिल्म होते न होते रुचि उठ खड़ी हुई। उसने कहा, 'मैं एक नॉर्मल इन्सान हूँ। मैं यह फिल्म क्यों देखूँ?'

'मैं भी नॉर्मल हूँ, मैं भी क्यों देखूँ?' सर्वेश भी सहमति में उठ गया।

उस दिन कैफे कॉफी डे में उनके जीवन के कई पन्ने खुले :

— कि तीन साल पहले सर्वेश नारंग अपनी पहली पत्नी से मुक्त हो चुका है। उसकी पत्नी अमृतसर में टेलिफोन एक्सचेंज में काम करती है। उनके सत्रह साल का एक बेटा है 'अंश' जो अपनी माँ के संग रहता है।

— कि सर्वेश की माँ, बेटे की फिक्र में होशियारपुर का अपना लम्बा-चौड़ा घरद्वार छोड़ कर यहाँ उसके दो कमरों के फ्लैट में आ गई है।

— उसके जीवन में काम ही सर्वोपरि है। इसमें वह दिन-रात, इतवार-सोमवार कुछ नहीं देखता।

रुचि ने भी अपने जीवन के कुछ पन्ने पलटे।

— कि रुचि का पहला विवाह बिना उसकी सहमति के उसके दादा-दादी ने पुण्य कमाने की हसरत और जल्दी में तब कर दिया जब वह एम.ए. कर रही थी।

— कि उसका पति बददिमाग और बदचलन था।

— कि एक रोज़ रुचि ने पति का घर छोड़ दिया।

— बड़ी बाधाओं में उसने अपनी शिक्षा पूरी की।

— कोई अच्छी नौकरी न मिलने पर, कई साल भटकने के बाद उसे टी.वी. चैनल पर पहला शो करने का प्रस्ताव मिला।

— कि उसके पास गृहविज्ञान या आतिथ्य कला की कोई डिग्री नहीं है। माता-पिता के घर खाना बनाते खिलाते उसे इतनी रसोईकला आ गई। प्रस्तुतीकरण का कौशल उसने विदेशी चैनलों पर कुकरी-शो देख कर सीखा।

उस दिन कैफे कॉफी डे में उन्हें बैठे हुए सुबह की शाम हो गई। एक-एक कर वहाँ के समस्त व्यंजन उन्होंने बारी-बारी से खा डाले और ठंडे-गर्म सभी पेय पदार्थ पी लिए। जब उन्होंने एक-दूसरे से विदा ली, उन्हें लगा कि उनका वक्त अच्छा गुज़रा।

अगली मुलाकातों में भी दोनों अपने सर्वोत्तम कपड़े और कला कौशल धारण किए हुए मिले। यह दो मँजे हुए खिलाड़ियों का क्रिकेट मैच था जो हर बार ड्रॉ हो जाता। दोनों अपने क्षेत्र की नामी हस्तियाँ थीं।

कैफे में कभी रुचि की कोई प्रशंसिका आगे बढ़ कर उसका अभिवादन करते हुए पूछती, 'अगले हफ्ते आप क्या सिखाने वाली हैं मैम?'

जिस वक्त रुचि अपनी फैन से बात करती, सर्वेश अपने मोबाइल में व्यस्त हो जाता।

अगर कभी गेटवे के पास घूमते हुए कोई पत्रकार सर्वेश से बात करने लगता तो रुचि ज़रा आगे बढ़ कर समुद्र में खड़े, ठहरे जलयानों पर गौर करने लगती।

यह सच है कि उन्होंने अपनी उम्र एक-दूसरे को सही बताई थी। गलतबयानी के कई खतरे थे। फिर रुचि पिछले तीन साल से उनतालीस की पायदान पर ठिठकी खड़ी थी। वह खुद अपने छद्म से बाहर आना चाहती थी।

सर्वेश ने बताया वह 50 + का है। उसने नहीं सोचा था कि इस उम्र पर आकर उसे कोई इतना अच्छा लगने लगेगा कि उससे मिलने वह मुम्बई के एक छोर से दूसरे छोर पर पहुँच जाएगा।

रुचि ने बताया वह 40 की है, न प्लस न माइनस। उसने तय किया था अब कभी शादी के विषय में सोचेगी भी नहीं। एक बार का काटा, दो बार सोचता है उस गली जाऊँ न जाऊँ। विवाह और पति, इन दो शब्दों से उसे आज भी झुरझुरी हो जाती थी। उसने यह नहीं बताया कि पहली शादी से उसे एक बेटा भी है गगन जो आज भी उसके जी का जंजाल बना हुआ है। वह उसके साथ नहीं रहता लेकिन उसका भावात्मक और आर्थिक शोषण करने से बाज़ नहीं आता। पिता पुत्र कहने को साथ रहते हैं लेकिन आलम यह है कि हफ्ते में चार दिन पिता लापता रहता है तो तीन दिन पुत्र। रुचि के पति प्रभाकर शर्मा ने दूसरी शादी नहीं की। उसके लिए पहली शादी का भी सीमित महत्त्व था। उसके जीवन में शादी का मतलब शरीर था जो वह कहीं भी जाकर प्राप्त कर लेता।

गगन बचपन से ही उद्‌दंड था। किसी का कहना न मानना, उलटे जवाब देना, दोस्तों से मार-पीट करना और झूठ बोलना उसने पाँच साल की उम्र में ही शुरू कर दिए थे। एक-एक कक्षा में वह दो साल पढ़ कर किसी तरह पास होता। जब रुचि उसे काबू में करने की कोशिश करती प्रभाकर उसे डाँट देता, 'इसकी जान लेना चाहती हो।' धीरे-धीरे यह नौबत आ गई कि गगन पूरी तरह से 'पापाज़ बॉय' बन गया। माँ की हर सीख उसे बुरी लगती।

हालात से तंग आकर रुचि ने एक दिन अपना घर छोड़ दिया। तब उसके माता-पिता जीवित थे। उन्होंने समझाया, 'बेटे को यहीं ले आ' लेकिन रुचि नहीं मानी। उसने कहा, 'प्रभाकर का दिया हुआ कुछ भी मुझे मंजूर नहीं, बच्चा भी नहीं। समझ लो कि मेरी शादी कभी हुई ही नहीं।' कुछ वर्ष तनाव और तनातनी में गुज़रे। प्रभाकर के बड़े भाई दिनकर ने आकर समझाने की कोशिश की, 'प्रभाकर दिल का अच्छा है, ज़ुबान का तेज़ है। तुम धीरे-धीरे रास्ते पा लोगी तो वह बदल जाएगा।' भाई साहब को रुचि क्या ब्यौरे बताती कि जब प्रभाकर को प्रचंड क्रोध चढ़ता है वह झाड़ू, चाकू, डंडे, किसी भी चीज़ से उस पर प्रहार करता है; कि पड़ोस की कितनी लड़कियों से छेड़खानी के जुर्म में वह पिट चुका है। कुकर्म वह करता, शर्मिन्दगी रुचि को झेलनी पड़ती।

इससे आगे की कहानी रुचि ने अपने संकल्प और हौसले से लिखी। जोगेश्वरी की तंग गलियों से चल कर वह 'क' चैनल और 'म' चैनल की सितारा शेफ़ बन गई। उसने लगातार अपने हुनर को निखारा। अखबारों ने सिर्फ उसके कारण अपने पृष्ठों पर व्यंजन कॉलम देना शुरू किया। अखबारों में व्यंजनों के साथ उसकी रंगीन मोहक तस्वीर छपती गोया एक नहीं दो-दो व्यंजनों की होम डिलीवरी हो रही हो। इन सब बातों से रुचि का अहम् तुष्ट होता। निजी चोटें

कुछ कम टीसतीं। गगन के दिए आर्थिक धचकों से बचने के लिए उसने कुछ अन्य बैंकों में अपना खाता खोल लिया था। लेकिन गगन उसे ऐसे मौलिक बहाने टिकाता कि उसे रुपए भेजने ही पड़ते। कभी फोन पर कहता कि उसकी स्कूटी से कॉलोनी का एक बच्चा घायल हो गया है। उसके माँ-बाप इलाज के लिए बीस हज़ार रुपये माँग रहे हैं। कभी वह घबराया हुआ फोन करता कि पापा को दिल का दौरा पड़ा है, उनकी बायपास सर्जरी के लिए दो लाख रुपए तुरन्त भेजो। जितनी राशि वह माँगता, रुचि उसकी आधी पौनी ही भेजती पर उसकी तबीयत तिनतिना उठती। उसे लगता, बेटा उसे सिर्फ ए.टी.एम. समझता है। रुचि के जीवन में कामयाबी अपनी जगह थी और कशमकश अपनी जगह। उसने ऐसा कौशल विकसित कर लिया था कि एक को दूसरे की पकड़ में न आने देती। उसकी सहेलियाँ भी उसकी कामयाबी से विस्मित, चमत्कृत थीं।

उसकी सखी जिज्ञासा सिंह जिसे सब जिग्ज़ कहते, रुचि को गुदगुदाती, 'कितनी लकी हो तुम! उम्र का कोई असर तुम्हारे काम पर नहीं पड़ता। मेरे पेशे में तो तीस की होते ही बाहर का दरवाज़ा देखना पड़ता है। जिज्ञासा मॉडल थी और अब तक 45 लाइव शो कर चुकी थी। कई बार कैलेंडर, टेबिल डायरी, कॉफी टेबल बुक आदि के मुखपृष्ठों पर उसकी छवि आ चुकी थी। लेकिन जैसे ही फैशन जगत में खबर उड़ी कि वह 30+ की हो चुकी है, उसे फोटो सत्र के प्रस्ताव आने कम हो गए। लाइव शो का तो सवाल ही खत्म था। आजकल वह दो अन्य भूतपूर्व मॉडलों के साथ मिल कर एक फैशन प्रशिक्षण संस्थान खोलने की दिशा में प्रयासरत थी।

इसी तरह दामिनी पिल्लइ का कहना था, 'हम लाख दो साल में एक साल आगे बढ़ें, उम्र अपना काम शुरू कर देती है। हर नर्तकी सितारा देवी नहीं होती जो सत्तर साल की उम्र में 17 घंटे बिना थके-

रुके नाचती चली जाए। कितने ही ऐसे स्टेप्स हैं जिन्हें करने के लिए कमर मुड़ती ही नहीं।'

दामिनी को भी रुचि से रश्क होता, 'सब से भाग्यवान तुम हो, अखबार तुम्हारी पाँच साल पहले की तस्वीर के साथ तुम्हारा कॉलम छापता है। भगवान ने तुम्हें हल्का बदन और ऐसा उम्रचोर चेहरा दिया है कि कई साल तुम टी. वी. पर चमकती रहोगी।'

रुचि को इसका अहसास था कि अन्ततः उसे करछुल छोड़ कलम का सहारा लेना पड़ेगा। वह लाइव शो से दूर हो जाने पर भी अखबारों और पत्रिकाओं में व्यंजन आलेखों से जीवित रहेगी। हुनर के इलाके में गायक, संगीतकार और लेखक सबसे लम्बी पारी खेलते हैं। जहाँ क्रिकेट के मैदान में चालीस साल बहुत पकी उम्र समझी जाती है, फैशन की दुनिया में चालीस का होना जुर्म के बराबर है, वहाँ व्यंजन-विशेषज्ञ का चालीस वर्षीय होना कोई हादसा नहीं हकीकत है। उसे अनुभव की हांडी में तपा हुआ एक्सपर्ट माना जाता है। उसे व्यंजन-प्रतियोगिताओं में निर्णायक बनाया जाता है। उसके हवाले से कोई मामूली मसाला व्यवसायी मसाला सम्राट बन सकता है, गृह विज्ञान प्रशिक्षण संस्थानों में उसके योगदान पर विशेष व्याख्यान रखे जाते हैं, गरज़ यह कि उसके नाम का डंका पिटता रहता है।

एक दिन जिज्ञासा और दामिनी, बिना खबर किए, सुबह-सुबह उसके घर आ धमकीं। यह इतवार था, फुर्सत और आलस की गुंजाइश से भरा हुआ दिन। रुचि अभी अलसाई हुई बिस्तर में पड़ी थी। दोनों सखियाँ उसके ऊपर लद गईं, 'नौ बजे तक तुम किसके सपनों में खोई हुई हो। उठो, बढ़िया सा नाश्ता बनाओ, बड़ी भूख लगी है।'

रुचि ने एक मोटी सी फाइल और मोबाइल उनकी तरफ़ सरकाए और कहा, 'यह मेरी किचन है। इसमें ताज से लेकर रेडिसन तक सब के मैन्यू और नम्बर हैं। जो चाहो मँगा लो।'

'क्यों अपने कैरियर का कबाड़ा कर रही हो। ये सब तो हम रोज़ खाती हैं। अगर हम किसी को बताएँगे कि रुचि की रसोई में खाने के नाम पर केवल होटलों के फोन नम्बर हैं तो तुम्हारी क्या इज़्ज़त रहेगी? इल्लै।'

'भाषण बन्द करो। कॉर्न फ्लेक्स खाने हैं?'

'छिः', जिज्ञासा ने मुँह बन्द किया, 'मैं तो बीमारी में भी कभी कॉर्न फ्लेक्स नहीं खाती। भूखा मरना मंजूर है पर कॉर्नफ्लेक्स एकदम नहीं।'

दामिनी ने कहा, 'इसे सोने दो। इसकी रसोई में ढूँढ़ते हैं। अगर सूजी होगी तो मैं उपमा बनाती हूँ।'

दोनों लड़कियाँ रसोई में चली गईं।

रुचि अभी उठने का मन बना रही थी कि फोन पर फ्लैश हुआ सन्देश, 'पन्द्रह मिनट में सीसीडी पहुँचो।'

रुचि का सारा आलस उड़नछू हो गया।

यह सर्वेश नारंग था। और उसका यह सन्देश रविवार को पुरस्कार बना रहा था। रुचि ने तुरन्त बिस्तर छोड़ा, तैयार हुई और सहेलियों को आवाज़ लगाई, 'कहाँ परेशान हो रही हो। चलो सीसीडी चलते हैं।'

कैफे कॉफी डे के लिए यह इन सबका कोडवर्ड था।

जिज्ञासा और दामिनी को भी राहत मिली। रुचि की रसोई में मसालों के सीलबन्द डब्बे, रिफाइंड तेल और डिब्बा बन्द आहार के सिवा और कोई खाद्य सामग्री नहीं थी। फ्रिज की तलाशी लेने पर भी कुछ दिलचस्प सामान हाथ न लगा। फ्रिज में बस पानी, दूध, जूस, डबलरोटी और मक्खन रखा था। बर्फ की ट्रे देखकर लगता था महीनों से फ्रिज साफ़ नहीं किया गया है।

'लानत है, इतनी मशहूर शेफ़ रुचि शर्मा के फ्रिज और किचन की यह हालत!' जिज्ञासा ने कहा।

रुचि ने उसकी पीठ पर थप्पड़ जमाया, 'घर में मैं कुकरी-शो नहीं चलाती, समझी।'

दामिनी ने कहा, 'हाँ कैमरे का फोकस हो तो तुम किचन में जाओ। वरना सीसीडी ही आसरा है।'

'बेवकूफ लड़कियो, क्या तुम्हें नहीं मालूम, हिन्दुस्तानी औरत की गुलामी की नींव रसोईघर में ही पड़ती है।'

'कुनबे भर का खाना बनाने पर पड़ती है। सिर्फ अपना या दोस्तों का बनाने पर नहीं।'

'जो भी हो इस गुलामी का चस्का बड़ी जल्द पड़ जाता है।'

सीसीडी आज सुस्त था। रविवार का लद्धड़पन वेटरों की चाल ढाल में झलक रहा था। केवल मेजें घिरी हुई थीं।

लड़कियों ने चीज़ बर्गर और पिज़ा मँगवाया।

सीसीडी का मैनेजर अभिवादन करने उनकी मेज़ तक आया, उसने रुचि की ओर विशेष ध्यान दिया, 'मैम आप कैसी हैं? हम आपके लायक नाश्ता बनाने का पूरा यत्न करेंगे पर आप खुद हमारे शेफ़ से बात कर लें तो अच्छा हो।'

रुचि ने उठने में कोई रुचि नहीं ली, बस मुस्करा दी। सब उसे पहचान रहे थे। सी.सी.डी. में उसका कार्यक्रम सब देखते थे।

उनकी मेज़ पर नाश्ता विशिष्ट अन्दाज़ में पेश हुआ। हर प्लेट में पहले सुर्ख गुलाब का फूल लाया गया। जब फूल उन्होंने उठा लिया तब प्लेटों में फल सजाए गए। नाश्ता भी विशेष ध्यान देकर सर्व किया गया। गेस्ट मैनेजर बार-बार पूछता रहा कि वे और क्या लेना पसन्द करेंगी।

जिज्ञासा और दामिनी प्रसन्न और विस्मित थीं। उन्होंने कहा, 'अब से हर इतवार तुम्हारे साथ ही यहाँ आया करेंगे।'

तभी मुख्य दरवाज़ा खुला और सर्वेश नारंग अन्दर दाखिल हुआ। रुचि को देख उसका चेहरा खिल गया लेकिन तत्काल उसकी नज़र अन्य दोनों लड़कियों पर पड़ी और वह सँभल गया।

थोड़ा आगे जा कर वह एक अलग मेज़ पर बैठ गया। रुचि ने उसे इशारा किया। वह निर्विकार अपनी जगह पर जमा रहा।

सहेलियों से इजाज़त लेकर रुचि उसकी मेज़ तक आई, 'मेरी दोस्त आई हुई हैं, चलिए आपको मिलवाऊँ।' सर्वेश ने कहा, 'क्यों मेरा इतवार बरबाद करने पर आमादा हो?'

तब तक जिज्ञासा और दामिनी वहीं आ गईं। रुचि ने उन दोनों का परिचय सर्वेश से कराया। सर्वेश ने गहरी बेधक नज़र उन पर डाल कर 'हैलो' के आगे एक भी शब्द न कहा।

असमंजस और मौन का एक अन्तराल आया। जिज्ञासा रुचि से मुखातिब हुई, 'थैंक्यू फॉर द लवली ब्रेकफास्ट। मैं जाऊँगी अब।'

दामिनी ने कहा, 'मेरी तो आज ड्रेस रिहर्सल है कल के शो की। मुझे जाना ही पड़ेगा।'

रुचि ने झूठे को भी सहेलियों को नहीं रोका, यह बात दोनों लड़कियों को अखर गई।

उनके जाने के बाद माहौल अलग किस्म का हुआ। उन दोनों ने अपनी मेज़ बदली। इतवारों को उनका बैठने का एक खास कोना था। वेटर जानता था, वे क्या लेते हैं। वह हॉट कॉफी विद आइसक्रीम ले आया।

रुचि को आइसक्रीम पसन्द थी। उसने कहा, 'जल्दी से खाओ नहीं तो पिघल जाएगी।'

सर्वेश की दिलचस्पी कॉफी में थी। वह कॉफी सिप करने लगा।

'तुम्हारी सबसे पक्की दोस्त कौन है रुचि!' सर्वेश ने पूछा। तुरन्त जवाब देने की बजाय रुचि सोचने लगी। जिग्ज़, दम्मी, कारी कोई नहीं। पक्की सहेली वह होती है जिसके नाम का फ्रेंडशिप बैंड पहना जाए, जिसे रात-बिरात कभी भी जगाया जाए, जिसे अपने पेट की कच्ची-पक्की बताई जाए। किसको कहे वह अपनी दाँत काटी दोस्ती। उसके मुँह से निकला, 'सबसे पक्के तो आजकल तुम्हीं हो।'

'आजकल मतलब, परसों कोई और था क्या?'

'नहीं इधर कई बरसों से मेरा कोई दोस्त नहीं है।'

'क्या तुम अपने एक्स से मिलती हो?'

'बिल्कुल नहीं। क्या तुम अपनी एक्स से मिलते हो?'

'मैं कैसे मिल सकता हूँ। वह अमृतसर में रहती है, मैं यहाँ मुम्बई में हूँ।'

'तुम्हारी 'एक्स' टेलिफोन एक्सचेंज में है यानी उसके हाथ की सभी लाइनें खुली हैं।'

'पर मैंने अपनी सभी लाइनें बन्द कर रखी हैं। तुम्हारे सिवा मेरा मोबाइल नम्बर किसी के पास न होगा।'

'ऐसा कैसे हो सकता है। तुम मीडिया में हो, वहाँ संवाद के बिना काम कैसे चल सकता है?'

'कामकाज के लिए हमारे अलग नम्बर होते हैं।'

'अपने बेटे के साथ तो बाचीत होती होगी।' रुचि ने सावधानी से प्रसंग फिर उठाया।

'हाँ, नहीं, इधर नौ-दस महीनों से नहीं हुई। मनजीत ने अंश के दिमाग की इतनी धुलाई कर डाली है कि वह मुझे दानव मानता है।'

'बोलचाल एकदम बन्द है?' रुचि ने पूछा।

'सालगिरह पर ग्रीटिंग कार्ड के लेन-देन को क्या कहोगी?'

रुचि शर्मा के मन में बड़े तीखेपन से चुभ गया कि उसका तो अपने बेटे गगन से ग्रीटिंग कार्ड का भी आदान-प्रदान नहीं है। बस जब पिता-पुत्र को आर्थिक कष्ट होता है तब उसके आगे चले आते हैं। ऐसे मौकों पर वह चिल्लाना चाहती है, 'चले जाओ, भाड़ में जाओ तुम लोग, मैंने क्या तुम्हारा जीवन भर का ठेका ले रखा है।' लेकिन अपनी बदनामी के डर से वह चुप लगा लेती है। वह नहीं चाहती, उसे लेकर भूली बिसरी दास्तानें सामने आएँ। उसकी छवि एक समझदार,

परिवारप्रेमी, प्रफुल्ल चित्त गृहिणी की है। निर्देशक के अनुसार उसकी छवि ही इनके कार्यक्रम की यू.एस.पी. है जिसके बल पर उन्हें देश के शीर्ष औद्योगिक घराने विज्ञापन देते हैं।

इतवार की इस निठल्ली दोपहर रुचि का मन हुआ, सर्वेश से वह उसके परिवार के विषय में और बातें करे लेकिन सर्वेश ने जैसे मुँह पर सात लीवर का ताला जड़ लिया था।

रुचि उठ कर चल देने को तत्पर हुई। सर्वेश ने उसकी हथेली दबा कर रोका, 'अभी नहीं।'

उन्होंने फिर से कॉफी पी। सर्वेश ने बेहिसाब सिगरेटें भी फूँकीं। उसने धुएँ के बादल में से जैसे कहा, 'मुझे अतीत से, अतीतजीवियों से चिढ़ है। मैं आज में जीने वाला इन्सान हूँ। रुचि तुम मुझे पसन्द हो क्योंकि तुम मेरा वर्तमान हो। अतीत एक मरा हुआ बोझ है।'

'इस बोझ को फेंक क्यों नहीं देते।'

'मुझसे कह रही हो, क्या यह मुमकिन है। क्या तुमने अपना अतीत फेंक दिया है उतार कर या वह आज भी लदा हुआ है तुम्हारी पीठ पर?'

'कोई राह तो निकालनी होगी?'

'बिल्कुल ठीक। आज इतवार की दोपहर हम अपना अमूल्य समय खराब कर रहे हैं। ऐसे मौके बार-बार नहीं आया करते। अच्छा तो यह हो, मेरे नहीं तो तुम्हारे कमरे पर चल कर इसका सदुपयोग करें।'

रुचि सन्न रह गई। उसने कभी नहीं सोचा था कि सर्वेश इतने सपाट, चपटे और संवेदनाहीन शब्दों में उसके पास आने की पेशकश करेगा।

उसने मान की स्थिति में कहा, 'मेरा कमरा हर किसी का प्रवेश बर्दाश्त नहीं करता। वहाँ सिर्फ मेरे शो से जुड़े यूनिट के लोग या मेरी दोस्त आ सकती हैं।'

'यूनिट के लोग तुम्हारे सगे हैं, मैं नहीं।'

'गलत मत बोलो। उनसे मेरा कामकाज का रिश्ता है।'

'मुझे आम से खास बनने के लिए क्या करना होगा! क्या मैं टाइयों का सेहरा पहन कर तुम्हारे दरवाज़े पर खट-खट करूँ?'

'नहीं, तुम्हें थोड़ा सेंसिटिव होना पड़ेगा। अकेले रहते-रहते तुम्हारे जज़्बातों पर काफी ज़ंग चढ़ गई है।'

'तुम क्या दुकेली रहती हो?'

'नहीं पर लड़कियाँ कुदरती तौर पर कोमल होती हैं।'

'बैठी रहो अपनी कोमलता लेकर। मेरे पास इतना वक़्त नहीं है।'

सर्वेश उठ खड़ा हुआ। रुचि भी बाहर आकर अपनी कार की तरफ़ बढ़ गई।

उसने सोचा चलते वक्त सर्वेश उससे बाय कह कर या हाथ हिला कर विदा लेगा। सर्वेश दूसरी दिशा में गाड़ी घुमा कर निकल गया।

अभी दिन के सिर्फ चार बजे थे और अकेले घर में रुचि के सामने पूरी शाम पड़ी थी।

दीवान पर बहुत सी किताबें और पत्रिकाएँ फैली पड़ी थीं। रुचि ने उनमें से 'वॉट्स कुकिंग' और 'हैपी होम' उठाई और बिस्तर पर जा लेटी।

उसने पन्ने पलटे पर मन नहीं लगा। हलका सा अफसोस हुआ सर्वेश के नाराज़ होने का। ऐसा लगा कि उसका पौरुष चोट खा गया। लेकिन उसका प्रस्ताव ही ऐसा था। अगर रुचि प्रतिवाद न करती, इसका अर्थ यह होता कि कोई भी, कभी भी उसके कमरे का और खुद उसका इस्तेमाल कर सकता है। अकेली रहने वाली लड़कियाँ भयंकर असुरक्षा-बोध से घिरी रहती हैं। कहने को इमारत में दो सुरक्षाकर्मी हरदम तैनात रहते हैं। सीढ़ियों और लिफ्ट में सी.सी.टी.वी. कैमरे लगे हैं। प्रवेश द्वार पर रखा इंटरकॉम इमारत के सभी फ्लैटों से जुड़ा हुआ

है पर ये समस्त प्रबन्ध अनजाने, अचीन्हे आगन्तुक पर कारगर हैं। जो आगन्तुक, सहमति से अन्दर आएगा उसकी जिम्मेदारी रुचि के सिवा और किसकी होगी! 'विक्टोरिया चेम्बर्स' में तो नहीं लेकिन पास ही ओशिवरा के अन्य मकानों में दो-एक वारदातें हो चुकी थीं जिनमें घर की मालकिन मृत पाई गई। दोनों ही वारदातों के सी.सी.टी.वी. फुटेज देखने पर पता चला कि हत्यारा मालकिन का पूर्व परिचित था और उसका उनके यहाँ पहले से आना-जाना था।

सवाल यह था कि शहर में अकेली जीने वाली लड़कियाँ आखिर क्या करें। वे कहाँ, किससे, किस हद तक सामाजिक सम्पर्क बनाएँ। कामकाजी दुनिया में यह मुमकिन नहीं कि महिलाएँ सिर्फ महिलाओं के सम्पर्क में रहें और पुरुष सिर्फ पुरुषों के। सम्पर्क कभी-कभी सघन हो जाते हैं। क्या सभी सम्पर्कों के शीर्ष पर, लड़कियाँ एक लाल बत्ती लगा दें। ऐसे में स्वाभाविक संवेगों का क्या होगा!

रुचि के मन में सवाल उठा, क्या चालीस की उम्र में कोई महिला अपने को लड़की कह सकती है। साथ ही यह भी कि क्या चालीस साल की लड़की प्रेम कर सकती है। उसका उदाहरण तो और भी विचित्र था क्योंकि न वह अविवाहित थी न विवाहित। वह परित्यक्ता भी नहीं थी। क्योंकि पति ने उसे नहीं छोड़ा था, वही पति को छोड़ आई थी। तलाक की तकलीफदेह प्रक्रिया में पाँच साल गुज़र गए। जब समस्त बन्धनों से आज़ाद हुई तो उसके माता-पिता एक के पीछे एक चटपट गुज़र गए। पहली बार जीवन में तब उसे एकाकीपन का मर्म समझ आया। तुम घर से निकलो और घर पर ताला लगाना पड़े या घर लौटो तो ताले का काला मुँह देखना पड़े, कितनी बड़ी सज़ा है यह। कहाँ उसके बाहर जाते समय मम्मी और पापा दोनों बालकनी में खड़े हो कर हाथ हिलाते थे कहाँ उसके घर की बालकनी समेत समस्त ओनों-कोनों में चिड़ियों और कबूतरों ने घोंसले बना लिये। उसे इस

घर से इतनी दहशत हुई कि उसने बहुत जल्द उसे खाली कर यह ओशिवरा वाला मकान ले लिया।

अब यहाँ की चुप्पी भी चिकोटी काटने लगी थी। बाकी फ्लैटों से हा-हा ही-ही की आवाज़ें आतीं, लिफ्ट से लोग निकलते और अलग-अलग नम्बरों के फ्लैटों में जाते। रुचि के फ्लैट में सिर्फ उसके काम से जुड़े लोग आते। लड़कियों से दोस्ती विकसित करने के लिए ढेर सा समय चाहिए था जो उसके पास एकदम नहीं था। दोस्त आतीं और उसकी मसरूफियत देख कर विदा हो जातीं। किसी से बहुत निकटता नहीं थी।

तमाम शोहरत, शोमैनशिप और शाबाशी के बावजूद रुचि के मन में एक सन्नाटा था जिसे फिर से पुरुष सान्निध्य की प्रतीक्षा थी। मौजूदा दौर में ऐसी बहुत लड़कियाँ थीं जिनकी एक शादी असफल रही मगर दूसरी सफल। 'सेकंड टाइम लकी' कॉलम अब वैवाहिक विज्ञापनों वाले अखबारी पृष्ठ का एक स्थायी स्तम्भ था। रुचि उसे बड़े ध्यान से पढ़ती। उसने जीवनसाथी डॉट कॉम पर एक अन्य नाम-पते से अपना विवरण डाला हुआ था। उसमें एक-दो प्रत्याशियों ने उत्तर दिया। वे अपने शब्द चयन और अन्दाज़ में रुचि को काफ़ी उथले लगे। उसने उन दोनों को डिलीट कर डाला। चालीस साल की लड़की का अकेलापन चौबीस साल की लड़की के अकेलेपन से नितान्त भिन्न होता है। चालीसवाँ जन्मदिन आते-आते तक लड़की के मित्र संसार में गिने-चुने नाम बच जाते हैं। सहेलियों की संख्या सीमित हो जाती है, दोस्तों की उनसे भी विरल। चालीस साल की लड़की जब विवाह के बारे में सोचती है, उसे अपने आसपास की तमाम कायनात ब्याही हुई मिलती है। उसकी उम्र के सभी लड़के विवाहित होते हैं और लड़कियाँ एक-दो बच्चों की माँ। चालीस साल की लड़की अपने जीवन के पिछले पाँच सालों पर नज़र डालती है तो पाती है उसने उन वर्षों में खूब काम

किया, नाम किया, धन और यश कमाया, बस मुहब्बत के खाते में बड़ा-सा अंडा पाया उसने। वह आगामी दस वर्षों के समय पर नज़र डालती है तो थर्रा उठती है। ऐसे में 'जो उपलब्ध है वही श्रेष्ठ' का सिद्धान्त मजबूरन सामने रखना पड़ता है। यह पता होता है कि प्रस्तुत व्यक्ति आदर्श नहीं किन्तु दिल-दिमाग सब गलत सिग्नल देते हैं।

कई दिनों तक रुचि का 'वाट्स एप' का इनबॉक्स सर्वेश के नाम पर खाली रहा। इस फोनाचार की वह अभ्यस्त हो गई थी। वह बार-बार फोन हाथ में लेती, 'माय एप्स' पर क्लिक करती, निराशा हाथ लगती। आखिरकार सन्नाटे से घबरा कर एक दिन उसी ने पहल की, 'क्या बहुत व्यस्त हो गए हो?' फौरन जवाब आया, 'अस्त-व्यस्त हूँ, पस्त हूँ।'

—'क्या हुआ?'

—'बेटा खो बैठा मैं।'

—'ओह नो, ऐसा कैसे?'

—'उसकी माँ ने रोका नहीं। ड्रग्ज़ लेता था। एक शाम ज़्यादा ले ली।'

—'ओफ़ मैं आती हूँ जल्द।'

रुचि को तत्काल अपने बेटे गगन का खयाल आया। कल को वह भी ड्रग्ज़ लेने लगे तो उसे रोकने वाला कोई न होगा, क्योंकि उसका पिता प्रभाकर शर्मा तो खुद ऐबी है।

सारे सिर दर्द के बावजूद सर्वेश और रुचि अपने बच्चों से जुड़े हुए थे। तलाक पति-पत्नी का हुआ था, पिता-पुत्र या माँ-बेटे का नहीं। वहाँ तनाव था पर तर्क-ए-ताल्लुक़ात नहीं था। अब तक अपनी हर परेशानी अंश अपने डैड से बाँटता था। लेकिन उसने अपनी नशाखोरी की लत की उन्हें कोई भनक नहीं लगने दी।

उस पूरी रात रुचि सो नहीं पाई। सर्वेश के बेटे की मौत ने उसे अपने बेटे की याद से जोड़ दिया। कहीं वह भी नशे की चपेट में तो नहीं है। यह पता लगाने का कोई रास्ता नहीं था। इधर बहुत दिनों से उसका फोन भी नहीं आया। रुचि के पास उसका मोबाइल नम्बर था लेकिन वह खुद कभी उसे फोन नहीं करती। उसे लगता कहीं वह वापस उसी कुएँ में फँस न जाए। सर्वेश के बेटे के पास तो उसकी माँ थी फिर भी वह नशे की लत से बच नहीं पाया। गगन के पास माँ का सहारा नहीं है। पिता खुद समस्याग्रस्त हैं। रुचि को याद आए वे दिन जब गगन चार साल का था। प्रभाकर उन दिनों बेहिसाब शराब पीता था। गगन इस बात का इतना आदी हो गया था कि अगर कभी किसी दिन प्रभाकर शाम सात बजे शराब पीने नहीं बैठता तो गगन उसे खींच कर आरामकुर्सी पर बिठाता और खाली गिलास उसके हाथ में देकर कहता 'पापा चुस्की पी लो।' गगन व्हिस्की को चुस्की कहता और ताली बजा कर हँसता। रुचि को उसके भविष्य की चिन्ता होती। वह गगन को उठाती, 'चलो गगन स्कूल का काम कर लें।' गगन उसका हाथ झटक देता, 'पापा को चुस्की पिला कर आऊँगा। एक दिन प्रभाकर ने एक छोटे से गिलास में व्हिस्की की तीन-चार बूँदें डाल कर, ऊपर से पानी भर दिया और बेटे के हाथ में देकर बोला, 'बोलो पापा का साथ दोगे न!'

गगन ने अपने घुँघराले बालों के सिर को झटका देकर कहा, 'हाँ पापा।'

प्रभाकर ने बाकायदा बच्चे के साथ जाम टकराया और पीना शुरू किया।

रुचि ने फौरन गगन के हाथ से गिलास छीन लिया, 'मज़ाक की भी हद होती है। इतने छोटे बच्चे को आप नशा करना सिखा रहे हैं।'

प्रभाकर ने चिल्ला कर कहा, 'मेरे और बेटे के बीच में बोलने वाली तुम कौन होती हो। दिसम्बर के महीने में दो-चार बूँद दारू उसके पेट में चली भी गई तो दवा का काम करेगी।'

गगन ने गिलास नाक के पास ले जाकर कहा, 'पापा इसमें बू आती है।' उसने उस दिन नहीं पी लेकिन आगे के दिनों में वह अपने पापा की शराबखोरी से कैसे निपटा होगा, यही सोचती रही रुचि। दिन में चार-पाँच घंटे टी.वी. देखना, तीन-चार घंटे बाहर खेलना और सुबह देर तक सोना गगन ने अपने पापा से ही सीखा था। उसे अक्सर स्कूल के लिए देर हो जाती। स्कूल बस उसे लिए बिना आगे चली जाती। बाद में रुचि उसे बी.ई.एस.टी. की बस से स्कूल पहुँचाती और उसके प्रिंसिपल से कोई झूठा बहाना बनाती।

आज उसे याद आया वह दिन जब उसने घर छोड़ा था। गगन तब नौ साल का पूरा होकर दसवें में लगा था और कक्षा चार में पढ़ता था। हस्बेमामूल वह देर से सोकर उठा। प्रभाकर ने कहा, 'चलो मैं इसे स्कूल छोड़ आता हूँ।'

गगन पापा के साथ चला गया।

साढ़े तीन बजे वह स्कूल की बस से घर लौट आया। रुचि ने उसका बस्ता खोला ताकि उसका टिफिन बॉक्स निकाल कर धोने को रख दे। सिंक में टिफिन बॉक्स रखने से पहले उसने उसे खोला। गगन ने रोटी खत्म कर ली थी लेकिन डब्बे में जली हुई सिगरेट के दो टोटे

पड़े हुए थे। पहले रुचि को विश्वास नहीं हुआ। उसने टोटे सूँघ कर देखे। वे सिगरेट के ही टोटे थे। तम्बाकू की बू उसकी नाक में बस गई।

तैश में भरी वह गगन के कमरे में गई। गगन अभी कपड़े बदल रहा था। रुचि ने उसके गालों पर दाएँ-बाएँ तमाचे जड़ दिए।

'मम्मा मैंने क्या कर दिया जो आप मार रही हैं?' गगन ने एकदम सहम कर पूछा।

'तू स्कूल में सिगरेट पीता है। अभी से तेरा यह हाल है। बड़े हो कर अपने पापा से भी बड़ा गुंडा बनेगा तू!'

प्रभाकर अपने कमरे से निकल कर बेटे के सामने खड़ा हो गया 'जब देखो तुम्हें चंडी चढ़ी रहती है, इसकी जान निकालोगी तुम।'

'बीच में मत बोलो। आज इसके टिफिन बॉक्स में सिगरेट के टोटे मिले हैं।'

'तुम्हें जासूसी करने को यह बच्चा मिला है, रुचि। इतना सीधा बच्चा तुम्हें मिल नहीं सकता।'

'इसका सीधापन मैं अच्छी तरह देख रही हूँ। इसका मुँह सूँघकर देखो तब बात करो।' रुचि ने आक्रोश से कहा।

'किसी लड़के ने शरारत में इसके टिफिन में सिगरेट डाल दी होगी। तुम्हें तो इसका शिकार करने का मौका मिल गया।'

गगन को पिता की शह मिली तो वह शेर हो गया। उसने पापा से कहा, 'पापा हमारी क्लास के लड़के बड़े खराब हैं। वह टॉफीशॉप से कोई चूरन खरीद कर चाटते हैं और कहते हैं कि मजा मिलता है।'

रुचि सन्न रह गई, 'मैं कल ही इसके स्कूल के प्रिंसिपल फादर लियो से मिलती हूँ। उसने स्कूल को नशे का अड्डा बना रखा है।'

प्रभाकर ने किचकिचा कर कहा, 'फादर तुम्हारे लड़के को फौरन टी.सी. थमा कर निकाल बाहर करेगा। तुम्हें नेतागिरी का शौक चर्राया है।'

'हमेशा उलटा सोचते हो तुम।' रुचि ने कहा और वहाँ से हट गई।

उस पूरी शाम गगन अपने पापा के पास ही बैठा रहा। रुचि घर का काम करते खलबलाती रही। समस्या का कोई समाधान नहीं निकला। यह भी पता नहीं चला कि टिफिनबॉक्स में सिगरेट के टोटे कहाँ से आए। खुद गगन ने सिगरेट पी या उसके दोस्तों ने? रात भर विचार करने के बाद रुचि ने तय कर लिया कि अब वह यहाँ नहीं रहेगी। अपनी आँखों के सामने बच्चे को बिगड़ते हुए देखना उसे कबूल नहीं था। उसका गुस्सा अब प्रभाकर की तरफ मुड़ गया। वह हमेशा गलत बातों में दखल देकर गलती करने वाले को निर्भय बनाता है। घर में अनुशासन का जो भी उपाय रुचि सोचती, प्रभाकर उसका ठीक उलट फरमान जारी कर देता।

वह काफी देर अपने आप से उलझती रही कि वह अकेली जाए या बच्चे को साथ ले जाए। गगन को यहाँ से जोगेश्वरी ले जाने का मतलब था उसे नए सिरे से किसी और स्कूल में डालना। सत्र के मध्य में यह काम असम्भव नहीं पर मुश्किल ज़रूर था। फिर गगन अपने पिता से बहुत जुड़ा हुआ था। वह अपनी हर ज़रूरत और तकलीफ प्रभाकर को ही बताता। प्रभाकर भी, चाहे जैसे भी हो, उसकी फरमाइशें पूरी करता। रुचि को अन्दाज़ा था कि बिना बच्चे के प्रभाकर ज़िन्दा नहीं रह पाएगा। उसमें जो भी इन्सानियत थी वह केवल बच्चे के कारण दिखाई देती। फिर माँ के घर जोगेश्वरी से दादर के स्कूल गगन को रोज़ सुबह आठ बजे पहुँचाना और साढ़े तीन बजे वापस लेना बेहद मुश्किल था।

सुबह उठ कर उसने गगन के लिए टिफिन तैयार किया। उसका टिफिन बॉक्स तैयार करते हुए रुचि का मन यह सोचकर भर आया कि आज के बाद यह काम वह नहीं कर पाएगी। उसने गीज़र का स्विच

दबाया, गगन का स्कूल यूनिफॉर्म आलमारी से निकाला और आवाज़ लगाई, 'उठ गगन देर हो रही है।' गगन करवट लेकर सोता रहा। रुचि ने पाँच-दस मिनट बाद फिर पुकारा 'गगन जल्दी कर, तेरी बस छूट जाएगी।'

किसी तरह गगन उठा, हाथ-मुँह धोकर तैयार हुआ। उसके घुँघराले बाल माथे और आँखों तक पर झूल रहे थे।

'ला मैं बाल तो सीधे कर दूँ तेरे,' रुचि ने प्यार से कहा।

गगन ने माँ का हाथ झटक दिया, 'रहने दो।'

रुचि एक पल उसे देखती रह गई। कल शाम की नाराज़ी अभी भी उसकी आँखों में थी। ऐसा लगा जैसे माँ की मौजूदगी भी उसे बर्दाश्त नहीं है। दोनों बाँहें पीछे ले जाकर उसने अपना स्कूल बैग पीठ पर लादा और बाहर का दरवाज़ा खोलने लगा।

रुचि उसे आज गले लगाना चाहती थी। स्कूल जाते हुए गगन कितना प्यारा लगता था। लेकिन गगन अभी तक रूठा हुआ था।

रुचि रोज़ की तरह उसे छोड़ने चली तो उसने कहा, 'मैं खुद चला जाऊँगा, आप जाइए।'

रुचि से अब रहा नहीं गया। उसने खीझ कर कहा, 'गुस्सा मुझे होना चाहिए तो तू हो रहा है।'

'मैंने कोई गलती नहीं की है। आप जब देखो बिगड़ी रहती हैं मेरे पर।'

'अच्छा बाबा सॉरी', रुचि ने मामला ठंडा किया। वह नहीं चाहती थी कि गगन गुस्सा हो कर स्कूल जाए।

गगन के चेहरे का तनाव कम हुआ लेकिन आँखें फिर भी उदास रहीं।

जब तक वे दोनों बस स्टॉप तक पहुँचे स्कूल बस जा चुकी थी। रुचि ने ज़रा देर नहीं लगाई। उसने ऑटो रिक्शा रोका और गगन को

स्कूल छोड़ने खुद उसके साथ गई। मन ही मन, उसका घर छोड़ने का इरादा डगमगा रहा था। वह अपने मन को समझा रही थी, 'गगन अभी बहुत नादान है, उसे मेरी ज़रूरत है। प्रभाकर तो शुरू से ऐसा ही है पर गगन को सही परवरिश देने की ज़िम्मेदारी तो मेरी ही है।'

ज़रा दूर पर सब्जी और फलों की दुकान थी। रुचि ने ताज़ी सब्ज़ियाँ और फल खरीदे। जब वह ऑटो लेकर घर पहुँची दरवाज़े पर उसे सरिताबाई खड़ी दिखी। वह खुश हुई कि वह समय पर लौट आई। प्रभाकर का भरोसा नहीं कि वह घंटी बजने पर दरवाज़ा खोले या नहीं। सरिताबाई के लौट जाने का मतलब होता रुचि को सारा काम खुद करना पड़ता।

पास पहुँचकर उसने देखा सरिताबाई का चेहरा गुस्से से लाल हो रहा है।

'क्या बात है बाई, बहुत देर से खड़ी हो क्या?'

सरिता ने कहा,' मेरे को तुम्हारा काम नहीं करना माँगता। मेरा हिसाब कर दो।'

'क्या हुआ, पिछले महीने तो तुम्हारी पगार बढ़ाई थी।'

'पगार का बात नहीं। बस मेरे को नईं करना तुम्हारा काम।'

बहुत पूछने पर सरिता ने जो बताया, सुन कर रुचि भी सन्न रह गई।

कुछ देर पहले सरिता ने आकर रोज़ की तरह कॉलबैल बजाई। प्रभाकर ने दरवाज़ा खोला। सरिता रसोई में बर्तन साफ़ करने लगी कि अचानक प्रभाकर आया और सरिता को पकड़ लिया। उसने अपने को छुड़ाया और चिल्लाई 'साब यह क्या करता तुम। मैं वैसी बायको नईं हूँ।' प्रभाकर नहीं माना और उसे घसीट कर कमरे में ले जाने लगा। किसी तरह उसे धक्का दे कर वह बाहर भागी। वह रुचि का इन्तज़ार कर रही थी।

रुचि को खुद चक्कर आने लगा। मुश्किल से आधा घंटे के लिए उसने घर छोड़ा होगा और यह कांड हो गया। सरिता बाई के सामने वह हमेशा के लिए शर्मिन्दा हो गई।

रुचि ने समझाया, 'मेरे साथ अन्दर चलो। तुम्हारे सामने मैं उनसे बात करूँगी।'

सरिताबाई ने कानों को हाथ लगाया, 'ना बाबा ना। मैं मेहनत की कमाई खाती, मेरे को अपनी इज्जत प्यारी है। आप पढ़े-लिखे मानुस कैसा रहते, क्या मालूम। मैं अब काम नहीं करेगी।' रुचि ने उसे हिसाब से ज़्यादा पैसे पकड़ाए और उसका हाथ थाम कर कहा, 'सरिताबाई मैं तेरे को सॉरी बोलती।'

अपनी चाभी से दरवाज़ा खोल जब रुचि घर में दाखिल हुई, प्रभाकर बिस्तर में, लिहाफ़ से मुँह ढँक कर ऐसे सो रहा था जैसे अभी जागा ही न हो।

रुचि को तैश आ गया। उसने हाथों का सामान मेज़ पर पटक कर और पति का लिहाफ खींच कर कहा, 'मेरे सामने सोने का नाटक करने की ज़रूरत नहीं है। सरिता ने मुझे सबकुछ बता दिया है।'

प्रभाकर ने आँखें खोलीं और टेढ़े स्वर में कहा, 'सुबह उठते ही शुरू हो गई तुम्हारी खिचखिच। सोने दो मुझे।'

रुचि और भी भड़क गई, 'तुम्हारी वजह से सरिता काम छोड़ गई। तुम्हें शर्म आनी चाहिए, तुमने उसकी बेइज़्ज़ती की।'

प्रभाकर लिहाफ फेंक कर उठ बैठा, 'क्या बेइज़्ज़ती की। मैं क्या उसकी पूजा करता। वह मेरे पास आकर खुद लेट गई।'

'एकदम झूठ,' रुचि चिल्लाई, 'वह मेहनतकश औरत चार घरों का काम करती है। पाँच साल से हमारे यहाँ है। उसकी नज़र एकदम साफ़ है। अपनी कमज़ोरी उसके सिर क्यों डालते हो।'

'यानी तुम्हें उस दो कौड़ी की बाई की बात का ज़्यादा भरोसा है, मेरा नहीं। मैं कह रहा हूँ मैंने कुछ नहीं किया।'

'तुम लम्पट भी हो और झूठे भी', रुचि ने कहा, 'मैं अब यहाँ बिल्कुल नहीं रहूँगी।'

'जहाँ तुम्हारा सिर समाये वहाँ जाओ। मेरी बला से भाड़ में जाओ। तंग आ गया हूँ मैं भी। वैसे ही मुझे तुम्हारा क्या साथ मिलता है। रात भर तुम बच्चे के साथ नींद लेती हो। दिन में तुम्हें घर का कोई न कोई काम रहता है। तुम्हें इसका अहसास तक नहीं कि पति की कोई और ज़रूरत भी होती है। कई बार मुझे लगता है, मुझे पत्नी की जगह रोबो मिला हुआ है।'

रुचि रुआँसी हो गई। यह उसका कमज़ोर पक्ष था। गगन के आगे-पीछे साए की तरह साथ रहने से उसका मातृत्व पहलू इतना मुख्य हो गया था कि पति का साथ उसके लिए सुहाना की जगह भयावना हो गया था।

दिन भर की उछल-कूद, भाग-दौड़ के बाद रात को नींद में गगन बिस्तर पर बहुत उलट-पलट करता; कभी टेढ़ा सोता तो कभी बिस्तर के बीचोंबीच। सुविधा के खयाल से प्रभाकर ने दूसरे कमरे में सिंगल बैड पर सोना शुरू कर दिया। डबल बैड पर माँ-बेटे सोते। रुचि को कई बार यह लगता कि सोने का यह इन्तज़ाम ठीक नहीं है पर गगन उसके गले में बाँह डाल कर ऐसी प्यारी बातें करता कि उसे पता ही न चलता कब वह भी सो गई। फिर चार-पाँच पेग पी लेने के बाद प्रभाकर का जो मूड होता, उसमें रुचि को लगता, इस वक्त इस इन्सान से दूर रहने में ही खैरियत है। रुचि सोचती, गगन थोड़ा और समझदार हो जाए तो वह उसे अलग कमरे में सुलाया करेगी।

उत्ताप और उत्तेजना में रुचि ने बड़े वाले सूटकेस में अपने कपड़े पटके। यह भी नहीं देखा कि जो साड़ियाँ रखी हैं उनके ब्लाउज़

पेटिकोट भी लिये हैं या नहीं। सलवार-कमीजों के संग दुपट्टे रखने का भी धीरज उसमें कहाँ था। गुसलखाने में जाकर जल्दी से वह नहाई। केवल अपना टूथब्रश लेकर वह बाहर निकली क्योंकि साबुन, टूथपेस्ट, शैम्पू पूरे परिवार के बीच एक थे। उसने सोचा था, प्रभाकर अभी करवट लेकर उठेगा और उसका रास्ता रोककर कहेगा, 'रच्चू ना जाओ, ऐसा भी क्या गुस्सा!' वह सॉरी कहेगा तो वह एक बार फिर उसे माफ़ कर देगी लेकिन प्रभाकर तो घोड़े बेच कर सो गया लगता था। रुआँसी निरुपायता में रुचि बाहर निकल आई। तभी उसने सोचा, 'अरे मैंने मम्मी पापा को तो बताया ही नहीं कि मैं उनके पास आ रही हूँ। घर के फाटक पर ही खड़े-खड़े उसने फोन मिलाया। पापा बोल रहे थे। तड़फड़ी, तनाव और घबराहट में उसने कुछ सम्बद्ध, कुछ असम्बद्ध वाक्यों में पापा को यहाँ की स्थिति बताते हुए कहा कि अब उसका यहाँ रहना नामुमकिन है।'

पापा जब बोले, उनकी आवाज़ भर्राई हुई थी, 'देख मुन्नी मेरे घर के दरवाज़े तेरे लिए हमेशा खुले हैं, पर सोच-समझ कर कदम उठा। तुम मियाँ-बीवी का झगड़ा तो हर दो महीने में हो जाता है। ज़रा गगन की भी सोचा करो। वह बेचारा खामखा पिसता है तुम्हारे रौले में।'

पापा ने फोन मम्मी को दे दिया। मम्मी की आवाज़ ठंडी और ठहरी हुई थी, 'फिर शुरू हो गई तुम्हारी और प्रभाकर की नौटंकी। इस बार क्या हो गया। अपनी छोटी बहन से कुछ सीख। कैसी टेढ़ी ससुराल उसे मिली है पर उसने सबको सँभाल लिया। एक तू है, अकेला आदमी भी नहीं सँभलता तुझसे।'

रुचि को माँ की नसीहत नागवार गुज़री। माँ उसे सुबह-शाम इसी तरह बरदाश्त की खुराक पिलाया करतीं बिना यह समझे कि इस शादी में रुचि को उन्होंने शुरू से आखिर तक बोलने की आज़ादी तक नहीं दी थी।

माँ-बाप के साथ हुई बातचीत से रुचि का मन खिन्न हुआ। उनमें, रुचि के आने को लेकर कोई सहमति या स्वागत भाव तो दूर, समझदारी तक का अभाव था। एक मन हुआ, अपना सूटकेस घसीट कर वापस चली जाए अन्दर लेकिन वह मुख्य द्वार बन्द करके ही बाहर आई थी। दरवाज़े की स्वचालित चाभी उसने कमरे की मेज़ पर छोड़ दी थी।

भँवर में फँसी नाव सा डगमग मन लिये रुचि, लोकल बदल कर जोगेश्वरी स्टेशन पहुँची और वहाँ से ऑटो पकड़ कर अपने घर। उसने पाया मम्मी-पापा इस बीच सँभल गए थे। पापा ने अपने स्वभाव के अनुसार कहा, 'रच्चू, मैं बस इतना जानता हूँ कि अगर प्रभाकर तेरे साथ मार-पीट करता है, जुल्म करता है तो तू एक मिनट भी बरदाश्त मत कर। पर तू अकेली क्यों आई। बच्चे को भी ले आना था न। ज़ालिम आदमी अब बच्चे पर तेरा गुस्सा निकालेगा।'

'नहीं पापा, वह बच्चे को कुछ नहीं करेगा। गगन पर वह जान देता है।'

'फिर काहे का झगड़ा है', माँ ने चाय थमाते हुए कहा, 'देख रच्चू बुरा मत मनाईं, औरत की इज़्ज़त अपने घर द्वारे ही होती है। तू गुस्से हो कर आ गई सो कोई गल नहीं। थोड़े दिन रह ले। जब तेरा गुस्सा ठंडा हो जाए तो चली जाना।'

पापा भड़के थे, 'ऐसे कैसे चली जाएगी? वह अपने घर आई है। जब तक प्रभाकर आकर मेरे दरवाजे पर नाक न रगड़े, मैं रच्चू को नहीं भेजूँगा।'

'फिर बैठा के रक्खो इसे सारी उमर', माँ ने खीझ कर कहा था।

रुचि की आँखें भर आईं। वह कहाँ जाए। न यह घर उसका बचा था न वह घर। हर जगह उसे बरदाश्त की जानलेवा खुराक पिलाई जा रही थी।

चार दिन, चार रात रुचि अपने कमरे में बन्द रोती-बिलखती रही। इस बीच प्रभाकर या गगन का कोई फोन नहीं आया। न उसके पास, न पापा के पास। जैसे वह कोई थी ही नहीं जिसका जाना उन पर असर करे या न करे। अन्त में रुचि ने पापा से कहा, 'पापा मैं नौकरी करना चाहती हूँ। घर में बैठे-बैठे तो मैं पागल हो जाऊँगी।' पापा ने अपने सम्पर्कों से रुचि को 'क' चैनल तक पहुँचा दिया।

अब तक के अपने जीवन में रुचि ने हज़ारों घंटे टी.वी. के सामने बैठ कर बिताए थे। टेलीविजन उसके लिए चाय, नाश्ते, खाने जैसा अजीज़ था। वह कह सकती थी कि कॉलेज की उसकी अधूरी पढ़ाई को टेलीविजन ने ही पूरा किया था। शुरू में उसे 'गीतों भरी शाम' जैसे कार्यक्रम संचालित करने को मिले। फिर उसे तरला दलाल की सहयोगी प्रस्तुतकर्ता का काम मिला। इन सभी परीक्षणों में रुचि खरी उतरी। तब उन्होंने रुचि को 'व्यंजन' के कार्यक्रम में उतारने का प्रस्ताव किया। तरला दलाल की सहायक की भूमिका में टी.वी. के पर्दे पर आना एक अलग बात थी। खुद रुचि आधे घंटे के पाक कला कार्यक्रम की एंकर, स्टार और अदाकारा हो, यह नितान्त दुर्लभ सपने का यथार्थ में बदलना था। यहाँ वे समस्त अनुभव काम आए जो अपने घर और अपने माता-पिता के घर की रसोई में मिले। उसके निर्देशक ने कहा भी, 'मछली को तैरना कौन सिखाता है, औरतें तो जन्मजात रसोई की रानी होती हैं।'

तब से अब तक, नौ साल के सफर में रुचि ने जीवन के कई उतार-चढ़ाव देखे। पाँच साल पहले मम्मी-पापा का निधन हो गया। कुछ दिन रुचि उसी किराये के मकान में जोगेश्वरी में रही लेकिन मकान मालिक ने उसे मकान खाली करने पर मजबूर कर दिया। रुचि का अपना मन भी यहाँ से उखड़ चुका था। दो चैनलों से उसे नियमित आमदनी भी आती थी। उसने हिम्मत कर ओशिवरा में फ्लैट ले डाला।

विक्टोरिया चेम्बर्स में 36 फ्लैटों का एक छह-मंजिला टॉवर था और ऐसे 10 टॉवर इस सोसायटी में थे। कुल मिला कर यह एक सघन उपनगर का दृश्य उपस्थित करते। हर मंजिल पर एक, दो, तीन और चार बी.एच.के. फ्लैट बने थे। जिस टॉवर की छठी मंज़िल पर रुचि अपने एक बी.एच.के. फ्लैट में रहती थी उसकी बालकनी मुख्य पार्क के सामने खुलती थी। सुबह के सूरज की पहली किरण रुचि को जगाती। यहाँ आकर कुछ दिन घर जमाने में लग गए। मम्मी-पापा की यादों से भी अपने को थोड़ा अलग करना चाहती थी रुचि। प्रभाकर और गगन की याद नासूर की तरह जब तब चिलक उठती लेकिन यह चोट ऐसी थी जिसका कोई उपचार नहीं था।

कई बरसों की तल्खी के बाद पति-पत्नी का कानूनी तलाक हो चुका था। रुचि ने स्वेच्छा से गगन की परवरिश का अधिकार प्रभाकर को दे दिया था लेकिन गगन उसे कभी भी फोन कर लेता था, खासकर जब उसे पैसों की दिक्कत होती।

यों तो वर्ली मुम्बई का शानदार इलाका है जहाँ बड़े आदमियों के आलीशान भवनों की कतार समुन्दर के साथ समानान्तर चलती है। सन् साठ की फिल्मों में मरीन ड्राइव और वर्ली का समुद्र तट खूब दिखाया जाता था। वर्ली विलेज का मोड़ आते ही दृश्य बदल जाता है। यहाँ से झोंपड़-पट्टियाँ और चालों की कतार शुरू होती है। आज के वक्त में यहाँ भी भू-स्वामियों ने जगह निकाल कर बहुमंजिली इमारतें बना डाली हैं। इन इमारतों की शीशेदार खिड़कियों से जो बाहर का दृश्य दिखता है उसमें सुन्दर और असुन्दर की भेलपुरी मिलती है। समुद्र सामने है पर उसके किनारे अवैध शराब खींचने की भट्टियाँ हैं, तस्करों के मोटरबोट यहीं सामान उतारते हैं, वरसोवा के बाद सूखी मछलियों का सबसे बड़ा अड्डा भी यहीं है।

वर्ली समुद्र तट के पिछवाड़े जहाँ मार्कंडेश्वर का मन्दिर बना है, वहाँ की आखिरी इमारत के चौथे माले पर सर्वेश नारंग रहता था। अहाते से लेकर कमरों तक प्रबल वेग से इस घर में हवा आती मगर उसके साथ ही सूखी मछली और झींगों की गन्ध भी।

रुचि को मछली की गन्ध नागवार थी। उसने अन्दर आते ही नाक पर रूमाल रख लिया। सर्वेश की माँ समझ गईं। उन्होंने बाई से खिड़कियाँ बन्द करवाईं।

सर्वेश काम पर नहीं जा रहा था। वह एक कोने में बैठा दीवार को घूर रहा था।

माँ ने पंजाबी मिश्रित बोली में कहा, 'एनूँ समझा तो सही ओह दी माँ नू रब ने सजा दित्ती है।'

सर्वेश ने चुप्पी तोड़ी और भभक कर कहा, 'सिर्फ माँ को सज़ा मिली, बाप को इनाम मिला है क्यों?'

माँ पैर पटकती हुई दूसरे कमरे में चली गई।

सर्वेश और रुचि देर तक अँधेरा घिरते कमरे में बैठे रहे। धीरे-धीरे सर्वेश ने बोलना शुरू किया, 'इधर अंश जेब खर्च बहुत माँगने लगा था। मुझसे कहता, ममी कंजूस है, यह भी नहीं सोचती कि मोटरबाइक में पेट्रोल डलेगा तभी वह चलेगी। कभी कहता, हफ्ते में तीन दिन मैं भूखा रहता हूँ। कॉलेज में देर हो जाती है, इतने पैसे नहीं होते कि बाहर कैफे में खा लूँ। जितनी बार वह अपना दुखड़ा बयान करता, मेरे कलेजे से आह निकलती। मेरे साथ तो मनजीत कमीनी थी ही, बेटे को भी उसने नहीं छोड़ा। मोटी तनखा पाती है। सरकारी नौकरी है पर पैसा उसे पति और बच्चे से भी ज्यादा प्यारा है। मैं अंश को पैसे भेजता, कभी-कभी तो पूरी तनखा उठा कर भेज दी। मुझे क्या पता था?'

इस बीच बाई आकर चाय और बिस्किट रख गई थी। वे वैसे ही पड़े रहे। बोलने के बाद सर्वेश कुछ हलका हुआ। उसने बाई को आवाज़ दी, 'मन्दा, चा पाहिजे।'

उसने सिगरेट सुलगाई और धुएँ के पहले गुबार में जैसे अपने आप से कहा, 'अमृतसर से यह जो एक रिश्ता था, उसका तार भी टूट गया। अब मैं किसी का नहीं, कोई मेरा नहीं।'

'इस तर्क़-ए-ताल्लुक़ात को तो कई बरस हो चुके होंगे' रुचि ने धीरे से कहा।

'नहीं जब तक अंश था, एक रिश्ता तो था। रिश्तों में इतनी जान होती है कि वे प्लेट-प्यालों की तरह नहीं टूटते। हम बार-बार उनमें पट्टी बाँध कर काम चलाते हैं।' सर्वेश दार्शनिक होने लगा।

हालाँकि खिड़कियाँ बन्द थीं, समुद्र की उठती लहरों की हरहराहट कमरे में आ रही थी। समुद्र सुबह से भाटे में था, अब उसमें ज्वार आने वाला था। घिरते अँधेरे में कमरे की हर चीज़ रहस्यमय लग रही थी।

मन्दा ने कमरे में आकर बिजली जलाई, चाय के प्याले समेटे और धीरे से पूछा, 'साब मम्मीजी बोलते क्या खाना बनेगा?'

सर्वेश ने चिढ़ कर कहा, 'तुम लोगों को खाने के सिवा और कोई बात नहीं आती क्या?'

मन्दा मुँह बना कर चली गई।

घर की हवा में तनाव का पता बार-बार चल रहा था। रुचि यहाँ से वापस जाना चाहती थी लेकिन उसे रुख़सत के लफ़्ज़ नहीं मिल रहे थे। ख़ामोशी से उठ जाना भी हिमाकत होता।

सर्वेश ने एक बार फिर बोलना शुरू किया, 'मुझे अब पता लगा है कि अंश स्कूल के दिनों से ही नशे की चपेट में था। स्कूल की बस का ड्राइवर लड़कों को भाँग की गोली भरी हुई सिगरेट और भूरा चूरा सप्लाई करता था। पहले दो एक बार मुफ्त दे देता, बाद में मनमाना दाम वसूल करता।'

'मनजीत ने एक बार उसका स्कूल बदलने की सोची। तब वह आठवीं में पढ़ता था। अंश ने घर में भूख हड़ताल कर दी। वह अड़ गया कि अगर स्कूल बदला तो वह पढ़ना छोड़ देगा। मनजीत की गलती थी, बेटे से दब गई। उसे अंश का कान पकड़ कर उस स्कूल से उठा लेना था। अंश धीरे-धीरे नशे की नालियों में फँसता गया। मनजीत अपनी नौकरी में मस्त रही।'

'क्या तुमने इतने बरस अपने बेटे को देखा ही नहीं?'

'देखा क्यों नहीं। एक बार होटल मैनेजमेंट का इम्तहान देने बम्बई ही आया था। मेरे साथ रहा। एकदम नॉर्मल, प्यारा लड़का था। उस वक्त की फोटो दिखाऊँ तुम्हें।' सर्वेश ने अपने वॉलेट से बेटे की फोटो निकाल कर रुचि को दिखाई। वाकई बेहद स्मार्ट और सुन्दर किशोर था अंश। थोड़ा दुबला लग रहा था लेकिन बीमार नहीं दिखता था।

'मेरे साथ दो दिन रहा। पापा, पापा, उसकी आवाज से पूरा घर गूँजता था। मैंने उसको शॉपिंग करवाई। वॉटर पार्क गए हम दोनों। एक भी मिनट नहीं लगा कि वह नशेबाज़ है।'

'फिर अचानक ऐसा क्या हो गया?'

'तुम समझ नहीं रही हो। वहाँ घर पर, अमृतसर में उसकी माँ ने उसे खूब निगलेक्ट किया। मनजीत के लिए उसकी नौकरी ही माई-बाप है। मेरे साथ भी ऐसा ही करती थी। ऑफिस से आकर भी फोन से चिपके रहना। खाने में दस की जगह ग्यारह बजे, बारह बजे, उसे कोई फिकर नहीं। अगर मैं कभी टोकता तो बोलती—मेरे फोन से तेरे को क्या प्रॉब्लम है?'

'तुमने बेटे को अपने पास क्यों नहीं रखा?' रुचि ने पूछा।

'वह इतना छोटा था। अपनी माँ का ऐसा पिछलग्गू कि वह बाथरूम भी जाती तो साथ जाने की जिद करता। तुम क्या जानो छोटे बच्चों की ज़िद। कचहरी में माँ का दुपट्टा पकड़ कर लटक गया, 'मम्मी पास रहना, पापा गंदे।' फिर उस वक्त मेरी कोई नौकरी भी नहीं थी। बच्चा सँभालना मुझे सिर दर्द लगता था। मैंने सोचा, चलो मनजीत की पक्की सरकारी नौकरी है, आसानी से बच्चा पल जाएगा।'

रुचि के होंठों तक आकर बात रुक गई कि उसके भी इतना बड़ा बेटा है। उसे लगा, अपने दुख में सर्वेश कोई नई बात सुनना, सहना बर्दाश्त न करे शायद।

उसने सँभलकर कहा, 'यह तो बहुत बुरा हुआ। तुमने अपनी पत्नी से बात की, क्या पता चला।'

सर्वेश के माथे पर त्योरियाँ पड़ीं, 'उसकी तो मैं शक्ल भी नहीं देखना चाहता। उसके मामा ने आकर खबर दी और उसे फोन मिला कर मेरे हाथ में दे दिया। फोन पर बड़ी हाय तौबा मचाई मनजीत ने। मैंने सिर्फ एक जुमला बोला, मनजीत तूने अपना बदला ले लिया मुझसे।'

'वह देर तक चीखती-चिल्लाती रही। मैंने उसके मामा को फोन दे दिया कि अपनी पागल भाँजी को आप सँभालो। मेरे लिए तो अंश के साथ-साथ वह भी खत्म हुई।'

रुचि ने सर्वेश के हाथ पर अपनी हथेली रख कर कहा, 'कोई बात नहीं सर्वेश, अब इस सबसे बाहर आओ। दुनिया बहुत बड़ी है। जीने के कई रास्ते हैं।'

रुचि को शिद्दत से लग रहा था जैसे यह उसके अपने घर-परिवार की पटकथा है जो बदले हुए नामों से लिखी जा रही है।

इधर रुचि की व्यस्तता बहुत बढ़ गई थी। 'क' और 'म' चैनलों ने रेस्तराँ की तर्ज़ पर अपना-अपना व्यंजन उत्सव घोषित कर रखा था। एक की थीम थी 'स्ट्रीट फूड फेस्टिवल' और दूसरे की 'देश-विदेश के स्वाद'। दोनों कार्यक्रमों का स्वर विलोम था, उसी तरह उनका कार्यान्वयन और प्रस्तुतीकरण भी। 'स्ट्रीट फूड फेस्टिवल' कार्यक्रम में रुचि शर्मा कभी पुरानी दिल्ली के गोलगप्पों की व्यंजन-विधि प्रस्तुत करती तो कभी कलकत्ते के मूँगदाल चीले की। वह पता लगाती रहती किस शहर का कौन सा व्यंजन उसकी खास पहचान है। 'म' चैनल पर 'देश-विदेश के स्वाद' में उसने एशियाई देशों के साथ यूरोपीय देशों को शामिल कर व्यंजन तालिका व्यापक और विविध बना ली। यहाँ किसी हफ्ते वह एसपेरेगस सूप और गार्लिक ब्रेड प्रस्तुत करती तो किसी हफ्ते अंकुरित अनाज और फल-सब्जी का मिला-जुला सलाद। काम के सिलसिले में उसे बहुत सी स्तरीय पत्रिकाएँ और पुस्तकें पढ़ने को मिलतीं। केवल रात दस बजे जब वह अपने घर में अकेली बैठने की फुरसत पाती, उसे याद आता, अरे सर्वेश से तो बात ही नहीं हुई। पता नहीं कैसा है वह। रुचि फोन करती। उसकी आवाज़ से पता चलता वह अवसादग्रस्त है। उसके प्रति रुचि सम्वेदना से भर आती। सर्वेश अपनी बात दोहराता, 'यह हालत यों ही बनी रहेगी। इससे बेहतर है तुम अपना लैपटॉप और सूटकेस लेकर यहीं चली आओ।'

पहली शादी की लाख कड़वाहट रही हो रुचि के जीवन में, वह फिर भी बिना शादी के सर्वेश के साथ सहजीवन के लिए तैयार नहीं थी। उसे लगता सहजीवन एक नितान्त अस्थायी, अस्थिर और असंगत अनुबन्ध है जिसमें पुरुष से ज़्यादा स्त्री का नुकसान है। फिर सहजीवन को सामाजिक प्रतिष्ठा मिलने में अभी वक्त था। रुचि को लगता, ऐसा निर्णय उसकी छवि को धक्का पहुँचाएगा।

कई सप्ताह बीत जाने के बाद एक इतवार रुचि और सर्वेश कैफे कॉफी डे में फिर इकट्ठे बैठे।

दोनों तरफ़ कुछ देर मौन रहा।

'बात करनी मुझे मुश्किल कभी ऐसी तो न थी' जैसी हालत दोनों की थी।

सर्वेश ने कॉफी और सिगरेट के सहारे, सीधा सवाल किया, 'तुम मय सामान शिफ्ट करने वाली थीं, क्या हुआ?'

रुचि ने उसे शिकायत और एतराज़ से देखा, 'मैंने ऐसा कब कहा?'

'देखो मेरे साथ भूल-भुलैया का खेल मत खेलना। मेरा धीरज खत्म है और वक्त भी कम है।'

'लेकिन यह मेरी भी ज़िन्दगी का अहम सवाल है, इसमें मैं जल्दबाज़ी कैसे कर सकती हूँ।'

'उस दिन तुम्हीं ने ऐसे संकेत दिए थे। क्या अब तुम पीछे हटोगी?' सर्वेश आक्रोश में था।

'देखो मैं एक बार दलदल में फँसकर बड़ी मुश्किल से बाहर निकली हूँ, मुझे अब दूसरी बार के लिए अच्छी तरह से सोचना होगा।'

'मेरा भी तजुर्बा खराब रहा है। इसीलिए तो मैं कहता हूँ, हम बिना कमिटमेंट के साथ रहें जैसे आजकल हज़ारों लड़के-लड़कियाँ रहते हैं।'

'मैं सहजीवन को गलत रिवाज़ मानती हूँ। हमारे ऊपर समाज की ज़िम्मेदारी है।'

'तुम्हारे लिबास में इस वक्त तुम्हारे बड़े-बूढ़े बोल रहे हैं। इन पिटी-पिटाई दुहाइयों में किसी की दिलचस्पी नहीं है।'

'सहजीवन वाली आवोहवा तो तुम्हारे घर में भी नहीं है सर्वेश। माँजी से क्या कहोगे, तुम्हारी हाउसकीपर क्या सोचेगी!'

सर्वेश एक पल को चुप हो गया। इस पहलू को नज़रअन्दाज़ करना ज़रा मुश्किल था।

रुचि ने उसे आश्वस्त किया, 'जल्दी क्या है सर्वेश। हम आज मिले हैं, कल भी मिलेंगे। हमें बार-बार मिलना है। यह उम्मीद भी खूबसूरत है।'

सर्वेश के मन से उदासी की परत उतर गई। उसने रुचि का हाथ दबा कर कहा, 'मेरी ही रहना, मैं इन्तज़ार कर लूँगा।'

अपने अलग-अलग कार्यवृत्त में ज़ोरों से घिरे रह कर भी आजकल रुचि और सर्वेश मगन थे। अच्छे दिनों की उम्मीद ने उनके चेहरे पर रंगत ला दी और चाल में लय तथा लोच। एक ही शहर में कहीं कोई है जो हमें पसन्द करता है, यह अहसास अनोखा था। रुचि के प्रोग्रामों पर भी उसकी उमंग का प्रतिबिम्ब पड़ रहा था। हर व्यंजन बनाते, प्रस्तुत करते वक्त वह कल्पना करती कि वह इसी तरह हँसते, मुस्कुराते हुए सर्वेश को अपने बनाए व्यंजन खिलाया करेगी। सर्वेश एक नए काम में व्यस्त था। उसे मुम्बई के प्रमुख मन्दिरों में व्याप्त भ्रष्टाचार का भंडा फोड़ना था। यह आसान नहीं था क्योंकि प्रत्येक मन्दिर अपने समस्त भेद गर्भगृह में गाड़ कर रखता था। यह सवाल मात्र आर्थिक भ्रष्टाचार का नहीं वरन् नैतिक भ्रष्टाचार का भी था। सर्वेश को चार पत्रकारों की टीम का नेतृत्व करना था। रुचि को फोन पर जब इस जिम्मेदारी का पता चला, उसने सर्वेश को मना किया।

'मन्दिर एक विस्फोटक विषय है, इसे न ही छेड़ो तो अच्छा।'

'तब तो और भी ज़रूरी है कि मैं इसमें कूदूँ। मन्दिर वह स्थान है जहाँ ज़्यादातर मूढ़ किस्म के भक्त हाथ जोड़ कर शीश नवा कर जाते हैं। वे घंटा बजाते और प्रसाद चढ़ाते हैं। असली खेल मन्दिर के पट बन्द होने के बाद शुरू होता है जब वहाँ के पंडे, पुजारी, मजबूर औरतों को कभी पाखंड से, कभी पराक्रम से अपनी हवस का शिकार बनाते हैं।

तुम क्या सोचती हो, इतने मोटे तगड़े हट्टे-कट्टे लोग बिना सेक्स के जीवित रहते हैं।'

रुचि सहम गई, 'यह काम पुलिस या प्रशासन करे। अखबार इसमें क्या कर लेगा?'

'अखबार इन मठाधीशों के खिलाफ़ जनता में आक्रोश जगाएगा, इसीलिए तो इसे लोकतंत्र का चौथा खम्भा कहते हैं।'

'मुझे तुम्हारे लिए चिन्ता रहेगी। तुम बहाना बनाकर यह अभियान छोड़ दो।'

'देखो डियर, सर्वेश नारंग ने कभी पीछे हटना नहीं सीखा है। दूसरी बात, मैं कभी तुम्हारे काम में दखलंदाज़ी नहीं करता, तुम क्या कुछ सही-गलत सिखाती हो।'

रुचि ने उसे टोका, 'तुम भूल रहे हो। हमारी तो मुलाकात ही तुम्हारी दखलंदाज़ी से शुरू हुई थी।'

'वह तो मेरा प्रवेश पत्र था, तुम तक पहुँचने का। मैं खाने-खिलाने को इतनी अहमियत नहीं देता।'

काम से फारिग हो कर सप्ताहांत में सर्वेश और रुचि मिले। दोनों ओर इन्तज़ार था जिसकी बेचैनी सिर्फ कैफे कॉफी डे में बैठने से दूर नहीं होती। खुद-ब-खुद उनकी कार ओशिवरा के विक्टोरिया चेम्बर्स की तरफ़ मुड़ गई।

रुचि ने जल्दी-जल्दी ज़मीन पर गिरी गद्दियाँ सोफे पर रखीं और ए.सी. चलाया। कॉफी वे पहले ही पी चुके थे। रुचि को समझ नहीं आ रहा था, अपने इस खास मेहमान के स्वागत में वह क्या करे।

सर्वेश ने उसे बाँहों में भर लिया। रुचि का बूटे सा जिस्म उसकी जकड़न में पहले तना, फिर नरम पड़ गया। वे एक दूसरे को थामे अन्दर के कमरे में आ गए। रुचि के सिंगल बैड पर कई कपड़े पड़े थे जो वह हड़बड़ी में सुबह छोड़ आई थी। वैसे ही बेतरतीब बिस्तर पर वे लेट गए।

देर रात जब वे अपने स्वप्नलोक से जागे, दोनों को लगा जैसे बहुत दिनों बाद वे आज़ाद हुए हैं। सर्वेश ने रुचि से कहा, 'ऐसा लग रहा है जैसे मेरी बरसों की थकान आज उतरी है। पता नहीं तुम्हें कैसा लगा।'

'मुझे अच्छा और हल्का लग रहा है।'

'रिची हम एक-दूसरे के पन्द्रह अगस्त बनेंगे। तुम मेरी छब्बीस जनवरी, मैं तुम्हारा पन्द्रह अगस्त। हम ऐसा रिश्ता बनाएँगे जिसमें

खूब खुलापन हो। तुम अपना काम करती रहो, मैं अपना काम करता रहूँ। बाहर की सारी दौड़-धूप के बाद जब मैं घर आऊँ तो मुझे तुम मिलो।'

आज रुचि ने भी मन बना लिया। बहुत झेल लिया अकेलापन। नया साथी चुनने में कोई वैधानिक बाधा तो है नहीं, बस अपने मन और मस्तिष्क को समझाना है।

ज़िन्दगी का यह नया अध्याय बिना शोर-शराबे शुरू हुआ। सबको ई-मेल पर नया पता भेज दिया गया। अपना ओशिवरा वाला मकान रुचि ने ताला लगा कर बन्द कर दिया। उसका कुल सामान वहीं रहने दिया। सर्वेश के यहाँ सब कुछ इफरात में था। दो बड़े कमरों के बाद एक बालकनी थी जिसके दूसरे छोर पर माँ का कमरा था। घर की व्यवस्था मन्दा के हाथ में थी। वह सवेरे सात बजे आती और शाम सात बजे वापस अपने घर जाती। माँ के प्रशिक्षण से वह अच्छा खाना बनाना सीख गई थी।

रुचि और सर्वेश के इस नव-सम्बन्ध पर न तो किसी ने फूल बरसाये न काँटे। उन्होंने दो मित्रों की उपस्थिति में नोटरी से अपने विवाह की रजिस्ट्री करवाई और हल्दीराम के रसगुल्लों से सबका मुँह मीठा कर दिया।

घर में माँ ने रुचि के गले में सोने की एक जंजीर पहनाई और कहा, 'देख कुड़े, मेरी फिकर ना करीं। बस तू ओनूँ सांभ।'

शादी की नवीनता के बावजूद सर्वेश बार-बार अपने बेटे को याद करता, 'अंश कहता था डैड बड़ा हो कर मैं भी आपकी तरह पत्रकार बनूँगा, खोजी पत्रकार। उसकी माँ ने कभी उसे अपने कब्ज़े से दूर नहीं होने दिया।'

कभी सर्वेश लगातार सिगरेट पीते हुए स्वगत कथन करता, 'आदमी हज़ार बार बिस्तर में जाता है पर एक या दो बार ही बाप बनने

में कामयाब होता है। पितृत्व के खिलाफ़ औरतों के हाथ में कई हथियार हैं। वे आसानी से अपने को गर्भवती नहीं होने देतीं। वे कोई ज़िम्मेदारी नहीं उठाना चाहतीं। अब तो मैं चाहूँ तब भी बाप नहीं बन सकता। मैंने सन् 2000 में ही नसबन्दी करवा ली थी।'

रुचि को इन बातों से खीझ और ऊब होती। यह क्या कि फैले हुए दूध पर रोये जा रहे हैं। बेटे से इतना ही लगाव था तो उसे साथ रखते।

दूसरी तरफ़ रुचि को मनोवैज्ञानिक उलझन होती। उसे बड़ी शिद्दत से माँ के रूप में अपनी नाकामयाबी महसूस होती। उसका बेटा गगन भी इन्हीं परिस्थितियों का शिकार था और कभी भी किसी गड्ढे में गिर सकता था। उसे यह भी याद आता कि गगन के छुटपन में रुचि ने ज़रा भी धैर्य से काम नहीं लिया। वह पति का गुस्सा, पुत्र पर निकाल कर सोचती, मैंने बदला ले लिया। एक बार गगन धूप में बाहर जाने की ज़िद कर रहा था, रुचि ने खीझ कर उस पर स्टील का ग्लास दे फेंका था। गगन के माथे पर चोट लगी जिसका निशान बड़े होने पर भी बना रहा। प्रभाकर की हरकतों के विरुद्ध रुचि में आक्रोश इकट्ठा हो कर गगन के प्रति हिंसा में आकार लेता। उसके मन में गाँठ बनती गई कि गंदे इन्सान का बच्चा भी गंदा निकलेगा।

अब जब वह सर्वेश को अंश की यादों में निमग्न देखती उसके अन्दर नए सिरे से अपराध-बोध होता। इसमें कोई शक नहीं कि उसके और प्रभाकर के रिश्तों की तल्खियाँ सबसे ज़्यादा गगन ने झेलीं। कभी माँ उसे मारती तो कभी पिता। बचपन से ही वह हद दर्ज़े का उग्र और ज़िद्दी बन गया।

रुचि की समस्या यह थी कि वह गगन सम्बन्धी अपनी चिन्ताएँ पति से बाँट नहीं सकती थी। उसने उसे यह बताया ही नहीं था कि उसके कोई बच्चा भी है। अब वह पछताती। अगर उसने यह तथ्य उजागर

किया होता तो अब वह सुझाव दे सकती थी कि वे लोग गगन को साथ रखें। यह अलग बात है कि गगन यह प्रस्ताव मानता या नहीं।

बड़ी उम्र के इस समझदार सम्बन्ध में रुचि और सर्वेश ने एक नूतन प्रणाली का प्रणय निर्मित किया था। अपने कार्यजगत की व्यस्तताओं का दोनों खयाल रखते। दोनों के अलग बैंक खाते थे और कोई किसी के आय-व्यय में हस्तक्षेप न करता। सबसे बड़ी आज़ादी इस बात की थी कि रुचि जब अपने घर जाकर रहना, काम करना चाहे, उसे पूरी छूट थी। अगर सर्वेश को फुर्सत होती तो वह भी कभी-कभी ओशिवरा पहुँच जाता। कभी-कभी रुचि अपने शो के सिलसिले में इतने लोगों से घिरी होती कि पति-पत्नी में अन्तरंग बात भी न हो पाती। रुचि उसे रोकने की कोशिश करती तो वह हँसता हुआ उठ देता, 'बाकी बातें इस पर।' वह अपना स्मार्ट फोन दिखाता।

रुचि की मित्र मंडली को उसकी किस्मत पर रश्क होता, 'कितना लिबरल शौहर पाया है तुमने! तुम्हें जीने की, काम करने की पूरी आज़ादी देता है।'

रुचि कहती, 'इसीलिए तो मैं उससे कहती हूँ तुम तो मेरे पन्द्रह अगस्त हो।'

'और वह तुम्हें क्या कहता है।'

'वह मुझे अपनी छब्बीस जनवरी कहता है।'

सच्चाई यह थी कि इक्कीसवीं सदी के दूसरे दशक तक अपने मुल्क में शिक्षा और रोज़गार ने लड़के-लड़कियों के सामने उम्मीदों का संसार खोल दिया था। हुजूम की हुजूम लड़कियाँ पढ़-लिख कर काम पर जाने लगीं। माता-पिता के दबाव में उन्हें शादी के फ्रेम में बँधना पड़ता पर दिन पर दिन यह फ्रेम उन्हें दमघोंटू महसूस होता। पारम्परिक विवाह में लोकतंत्र की सम्भावना कठिन थी। हर जीवन साथी की इच्छा रहती कि वह पत्नी के सम्पूर्ण जीवन को संचालित

करे। सुबह उसके जागने से लेकर रात उसके सोने तक वह उसका नक्शा तैयार रखता कि पत्नी को क्या करना है। कुछ जीवनसाथी तो ऐसे थे कि पत्नी को बाथरूम या टॉयलेट में भी अगर देर लगती तो नर्वस हो जाते। पत्नी के बाहर निकलते ही पूछते, 'अन्दर बैठी क्या कर रही थी?'

पत्नी के कहने पर कि वह टॉयलेट में अखबार पढ़ रही थी या क्रॉसवर्ड कर रही थी, जीवनसाथी ने बुरा माना और कहा, 'ये सब काम बाहर आ कर भी किए जा सकते हैं।' कुछ पतियों को इस पर एतराज़ था कि उनकी पत्नी फोन पर लम्बी बातें करती है तो कुछ को इस पर कि वह फेसबुक पर ढेरों दोस्त बनाती है। लड़कियाँ हक्की-बक्की रह जातीं। यह तीसरी किस्म की दासता थी और चौथी किस्म की जकड़बन्दी जहाँ आपकी हर गतिविधि के पैरों में डोरी बँधी हो। स्वतंत्रचेता लड़कियाँ शादी से बचने लगी थीं।

सर्वेश और रुचि एक-दूसरे की क्षमता और सामर्थ्य पहचानते थे। उनकी कामकाजी दुनिया फैली हुई थी। किसी राजनीतिक कांड या आर्थिक घोटाले के पीछे सर्वेश और उसके अखबार 'खुलासा' की टीम लग जाती तो कई दिनों तक उसका अता-पता न मिलता। उन्हें गुमनाम रह कर काम करना पड़ता जिसमें कई बार कामयाबी की जगह तोहमत हाथ लगती। हालाँकि 'खुलासा' भी समाचार प्रधान अखबार था, अखबार जगत के ही विभिन्न चैनल उनके पीछे जासूसी में लगे रहते कि वे आजकल किस टोह में हैं। रुचि को सप्ताह में दो टी.वी. कार्यक्रमों की तैयारी करनी होती। कभी-कभी काम की रफ्तार इतनी बढ़ा दी जाती कि एक बार में दो एपिसोड की शूटिंग कर लेते। लगातार कैमरे के सामने प्रस्तुति देते-देते रुचि की मानसिक दशा वह हो जाती कि वह घर की रसोई में भी उसी प्रदर्शन के अन्दाज़ में बोलती जाती, 'अब हम आधा चम्मच जैतून के तेल में प्याज़ सुनहरा

भूरा होने तक पकाएँगे।' ऐसे में अगर माँ अपने कमरे से निकल उसकी कमेन्ट्री सुनतीं तो उसे टोकतीं, 'बस भी कर, एत्थे कोई कैमरे नहीं लगे हैं।'

तीन महिला पत्रिकाओं में रुचि का पाक कला कॉलम छपता। तीनों की पत्रकार उससे मिलने ओशिवरा वाले फ्लैट में आतीं। रुचि का भी मन यहीं रमता काम में। वह कई बार इस घर में चली आती। इधर मसाला उद्योग, बर्तन निर्माता और क्रॉकरी कम्पनियाँ भी रुचि के पास आ रही थीं कि वह उनके उत्पाद अपने टेलि-शो में इस्तेमाल होते दिखाए। आए दिन इन जगहों से उपहार आते। अखबारों में छपे इश्तेहारों में भी रुचि एक जाना-पहचाना चेहरा बन गई थी जिसके हाथ में इनमें से कोई उत्पाद होता और उसका बयान कि 'अमुक मसाले में बने खाने की लज़्ज़त ही कुछ और है।' अथवा 'सचिन स्टील के बर्तनों से अपना घर संसार चमकाइए।' उसका सहायक अली हर काम में उसकी सहायता के लिए खड़ा मिलता। सेट की तैयारी, शूटिंग का मिनिट टु मिनिट ब्रेकअप, मेहमानों की देखभाल, निर्देशक की माँग, सब वह सँभालता। वह घर के काम की सिलसिलेवार तैयारी रखता। कुर्बान अली कलाकार की तरह मेज़ सजाना जानता था। हरी शिमला मिर्च की बगल में लाल टामाटर, नमक की बगल में हल्दी और देगी मिर्च कितना अच्छा विजुअल देंगी, उसे पता था। वह पूरी दोपहर तैयारी में लगा रहता। समय सीमा में अधिकाधिक व्यंजन बनाने का राज़ यही था कि आधी तैयारी पहले से कर ली जाती। जिन चीज़ों को ओवन में रख कर भाप द्वारा पकाते, एक शॉट में उन्हें ओवन में डालते हुए दिखाते तो दूसरे शॉट में बेक हो कर तैयार दिखाते। ये सब ज़िम्मेदारी अली की थी। वह बेक्ड व्यंजन का एक पात्र पहले से तैयार रखता। परम्परा यह थी कि शूटिंग के बाद यूनिट के सभी सदस्य व्यंजन चखते और सराहना करते। कभी-कभी व्यंजन बहुत अधिक बन जाता अथवा विशिष्ट

होता। यूनिट के लोग बड़े इसरार से उसका एक हिस्सा रुचि की कार में रखवा देते कि 'सर्वेशजी तो स्वयं पारखी हैं। उन्हें भी यह लाजबाव बानगी दिखाइए।'

रुचि को बड़ा धक्का लगा जब घर में किसी ने उसके बनाए व्यंजन को चखा तक नहीं। माँ ने कहा, 'मैं हर किसी का हाथ लगा खाना खाँदी नहीं।'

सर्वेश का मूड उस दिन उखड़ा हुआ था, उसने अपने कमरे से आवाज़ लगाई, 'मन्दा मेरे लिए एक कटोरी दलिया बना दो, पेट खराब है।'

खीझ कर रुचि ने वह व्यंजन मन्दा को घर ले जाने के लिए दे दिया और भूखी सो गई।

कार्यक्रमों और चैनलों के वैश्विक विस्तार से यह सम्भव हो गया था कि देश-विदेश के सभी चैनलों के एक से बढ़ कर एक मशहूर पाककला कार्यक्रम सबको देखने को मिलते। भारतीय दर्शक उन्हें देखता, भले ही व्यंजन समझ आए या न आए। उन कार्यक्रमों में विशेषज्ञा के प्रस्तुतीकरण में इतनी उछल-कूद और नाटकीयता भरी होती कि दर्शक लोटपोट हो जाता। कोई कार्यक्रम समुद्रतट पर तो कोई रेगिस्तान के बीच आयोजित दिखते। जो कार्यक्रम रसोईघर केन्द्रित होते उनमें भी पाक-विशेषज्ञ मटकती हुई, व्यंजन सिखाती।

रुचि के दोनों कार्यक्रम, 'सुरुचि' और 'स्वाद' में तड़क-भड़क की बजाय सादगी और स्वाभाविकता थी। दोनों चैनल दावा करते कि उनके सभी व्यंजन पहले से आज़माये हुए हैं। दोनों चैनल के मालिक मारवाड़ी थे और उनका फोकस शाकाहार पर था। बड़ी मुश्किल से 'म' चैनल वालों ने कुछ हफ्तों पहले अंडे वाले व्यंजनों के लिए अपनी मंज़ूरी दी थी। लालाजी को समझाना पड़ा कि केक, पेस्ट्री वगैरह अंडे के बिना बेमज़ा बनती हैं। 'म' चैनल के कार्यक्रम में

विविधता बढ़ गई थी। वीर अंडों की सफेदी को फेंट कर झाग का ऐसा सफेद पहाड़ बना देता कि बिना बेक किए भी वह व्यंजन जैसा ही चित्र उपस्थित करता।

'म' चैनल की चुनौती में 'क' चैनल के मालिकों ने आपसी विचार-विमर्श से यह तय किया कि वे अपने कार्यक्रम में सामिष व्यंजन बनाना भी सिखाएँगे। इसके साथ ही उन्होंने इस सम्भावना पर भी गौर किया कि स्वाद कार्यक्रम की होस्टेस बदली जाए। मालिकों की दलील थी कि रुचि शर्मा की छवि एक घरेलू मध्यवर्गीय गृहिणी की थी। उसके हाथों में गोश्त और मुर्ग की विधियाँ सजेंगी ही नहीं। एक मालिक ने कहा, 'ऐसा कर सकते हैं हम 'स्वाद' प्रोग्राम के दो हिस्से कर दें। सोमवार, मंगलवार वैसे भी हिन्दुस्तानी लोग मास-मच्छी खाते नहीं हैं। शुक्रवार को भी लोगों को परहेज़ रहता है। तीन दिन 'स्वाद' प्रोग्राम रुचि शर्मा करें, तीन दिन कोई और।'

रुचि को यह सुझाव नागवार लगा। अब तक इस कार्यक्रम पर उसका एकछत्र साम्राज्य था। उसने थोड़ा कठिन रुख अपनाया, 'या तो मैं पूरा प्रोग्राम करूँगी नहीं तो बिल्कुल नहीं।' दिनेश झुनझुनवाला ने कहा, 'जैसी आपकी मर्जी। हमको कोई बाधा नहीं है।'

रुचि को अपनी स्थिति के अस्थायीपन का अन्दाज़ हो गया। मन मार कर उसने मालिकों की बात मान ली। इसके सिवा कोई चारा नहीं था।

प्रभाकर शर्मा का स्वास्थ्य दिन पर दिन गिरता जा रहा था। वाशी के सेक्टर सत्रह में उसके पास 'अष्टम' नामक हाउसिंग सोसायटी में जो पुश्तैनी मकान था, उसका गृह कर, जल कर और बिजली का बकाया अब एक छोटे-मोटे पहाड़ की शक्ल ले चुका था। बिजली विभाग ने तो उसके फ्लैट 808 की बिजली काट दी, गृह कर और जल कर का आए दिन नोटिस आता रहता। इन दिनों पूँजी निवेश का उसका धन्धा भी मन्दा चल रहा था। दरअसल इतने बरस बाद भी प्रभाकर अपनी शादी के फ्लॉप होने के धक्के से उबर नहीं पाया था। अपनी पुरुष मानसिकता में उसके लिए इस बात से समझौता करना मुश्किल था कि उसकी पत्नी उसे छोड़ कर चली जाए; ऊपर से अपना अलग जीने का रास्ता स्वयं ढूँढ़ ले। बहुत दिनों तक वह सोचता रहा कि एक दिन रुचि लुटी-पिटी वापस घर आएगी और उसके पैरों पर गिर कर अपनी भूल-चूक की माफी माँगेगी। प्रभाकर के ज़ेहन में स्त्री की छवि एक समर्पित, सहनशील अनुगामिनी की थी। अपनी ज़्यादतियों के बारे में उसका दृष्टिकोण बड़ा उदार था। वह मानता कि अगर पुरुष के पास अतिरिक्त पौरुष है तो वह पत्नी से इतर रिश्ते बनाएगा ही। वह अक्सर दोस्तों के बीच शेखी बघारता, 'आय एम सरप्लस फॉर माय वाइफ़।' इन जुमलों पर ठहाका लगता और प्रभाकर का मनोबल कई गुना बढ़ जाता। उसके सारे किस्से और लतीफे यौन सम्बन्ध से ताल्लुक रखते।

जब रुचि साथ रहती थी, इस तरह की अभिव्यक्ति पर एतराज़ करती, 'बच्चे के सामने ऐसी बातें मत किया करो।' प्रभाकर उसका एतराज़ हँसी में उड़ा देता, 'मेरा बेटा मर्द बच्चा है, इसे शेरेपंजाब बनाऊँगा मैं।' उसे अपनी अनियमित जीवन शैली पर नाज़ था। गगन को भी वह धारा के विरुद्ध काम करना सिखाता। जब तक माँ-बाप की दी हुई सम्पत्ति घर में थी, इन अनीतियों के दुष्परिणाम स्पष्ट नहीं हुए लेकिन बाद में प्रभाकर-परिवार के सुख-चैन पर ग्रहण लगता गया। अपने जीने के ऊट-पटांग ढर्रे पर सोच-विचार न कर प्रभाकर कहता, 'यह आठ नम्बर बड़ा सिरफिरा होता है, मुझे इसने कभी चैन से नहीं रहने दिया। मेरी जन्मतिथि आठ है, जन्म का महीना भी आठ है। बाऔ जी ने 8 को शुभ अंक मान कर इस 'अष्टम' सोसायटी में आठवीं मंजिल पर आठवाँ फ्लैट ले लिया। इस अट्‌ठू ने आठ साल अच्छा फल दिया बस। आठ नम्बर बड़ा ज़ालिम होता है, 'कभी अर्श पर कभी फर्श पर' इसी के लिए कहा जाता है। अगर बगल की नवम या दशम सोसायटी में वे घर ले लेते तो आज यह हाल न हुआ होता।'

दिवंगत पिता को कोसते वक्त वह इस पर ज़रा विचार नहीं करता कि अपने काम-काज पर वह कितना कम ध्यान देता था। वित्तीय कारोबार में एक दिन की भी शिथिलता मतलब रखती और अक्सर अच्छे सौदे उसके साथ से निकल जाते। कभी वह अपने ग्राहकों को हैरान करता, कभी ग्राहक उसे हैरान कर डालते। ऐसे में वह बढ़ती महँगाई को कोसता, 'अब लोग पैसा जोड़ना नहीं, उड़ाना चाहते हैं। इनके बाप-दादा गड़ी हुई दौलत छोड़ गए हैं, उसी की गर्मी है। यहाँ इस टूटे-फूटे मकान के सिवा हाथ में कुछ नहीं है।'

इससे भी ज़्यादा तकलीफ़ उसे तब हुई जब उसने पाया कि उसकी आँसू बहाने वाली बीवी रुचि उसके देखते-देखते छोटे पर्दे की मशहूर तारिका बन गई। अखबार और पत्र-पत्रिकाएँ उसके गुण गाने लगे।

हफ्ते में दो बार वह किसी-न-किसी चैनल पर एप्रन पहने, करछुल घुमाते नज़र आती। प्रभाकर बड़े ध्यान से देखता कि पत्नी के चेहरे पर अपने पूर्व जीवन की कोई छाया या छवि नज़र आए, हर बार उसे निराशा हाथ लगती। उसकी मंडली के दोस्त यह कह कर उसका खून अलग जलाते, 'सुना है रुचि शर्मा एक शो में आने की फीस एक लाख लेती है।'

प्रभाकर किचकिचा कर गगन पर और दबाव बढ़ाता, 'तू अपनी माँ को फोन कर पैसे माँग। मैंने तेरी देखभाल का ठेका लिया है क्या। अपनी आधी कमाई भेजे वह, तभी तुझे रखूँगा नहीं तो निकाल बाहर करूँगा। बे-बाप का हो जाएगा तू।'

लड़कपन में तो गगन, पिता के कहे अनुसार माँ को फोन करता था लेकिन थोड़ा और बड़ा होने पर उसे इस काम में शर्म आने लगी। अपने समस्त उग्र स्वभाव के बावजूद उसे लगा जो पैसे पापा मेरे बहाने ऐंठते हैं, उनसे मेरा तो कुछ भला नहीं होता।

गगन उन्नीस साल का हो गया था। बड़ी मुश्किल से वह बी.कॉम के पहले वर्ष में पहुँचा था। देखने में वह खूबसूरत और लम्बे क़द का था लेकिन अपने रख-रखाव के प्रति लापरवाह। उसने बेतरतीबी को भी अपनी अकड़ का हिस्सा बना रखा था। एक दिन प्रभाकर ने उससे कहा, 'तेरा यूनिवर्सिटी जाना तो मेरे जी का जंजाल है। रोज़ तुझे बस के लिए सौ का नोट चाहिए। अपनी माँ को फोन करके तू मोटरसाइकिल माँग।'

गगन ने भड़क कर कहा, 'आपको शर्म आनी चाहिए, मेरी माँ से आपने कौन-सा रिश्ता रखा है जो आपके लड़के को वे मोटर बाइक दिलाएँ।'

प्रभाकर एक पल को हत्‌बुद्धि हो गया। उसने कहा, 'मेरा लड़का उसका भी लड़का है, यह बात क्या बार-बार याद दिलानी पड़ेगी?'

गगन ने उतनी ही उग्रता से कहा, 'माँ आपसे लड़-झगड़ कर घर छोड़ गईं। उनसे पैसा माँगना तो थूक कर चाटने जैसा है।'

प्रभाकर सोफे से उठा और उसने गगन को जोर का धक्का दिया, 'बड़ा आया माँ का हिमायती। भाग जा उसी के पास। देखता हूँ कितने दिन रखती है तुझे।'

गगन ने कुछ क्षण पिता को घूरा, फिर वह अपने बैकपैक में कपड़े ठूँसने लगा। एक और बैग में उसने अपनी किताबें डालीं। कुछ चीज़ें ज़रूरी होते हुए भी नहीं ले जाई जा सकती थीं। पिता-पुत्र के पास टूथपेस्ट और शेविंग क्रीम की एक ही ट्यूब थी, ब्रश अलग थे। इसी तरह जूते अलग थे लेकिन बाथरूम स्लीपरों का एक ही जोड़ा दोनों के काम आता। इन ज़रूरतों को गगन अपरिहार्य नहीं मानता था। उसने अपनी जींस की जेब टटोली। उसमें पाँच सौ का एक नोट और कुछ फुटकर रुपए बचे थे।

चलते हुए उसकी इतनी इच्छा भी नहीं हुई कि पिता से विदा ले। 'पापा किसी के सगे नहीं, मेरे नहीं, मेरी माँ के भी नहीं।' उसने मन-ही-मन कहा और घर से बाहर हो गया।

बाहर धूप कड़ी थी। सड़क पर ऑटो या बस के आने की कोई उम्मीद नहीं थी। दोपहर तीन से चार के बीच वाहनों की आमदोरफ्त कम हो जाती। जहाँ सड़क कटती थी वहाँ बाएँ घूम कर ऑटोरिक्शा का ठिकाना था। वहाँ तक पहुँचने में गगन पसीना-पसीना हो गया। सिर्फ एक ऑटो खड़ा था।

'ओशिवरा चलोगे?' गगन ने पूछा।

'हो, तीन सौ रुपया लगेगा।' ऑटो चालक ने जवाब दिया।

'दिमाग ठीक है तुम्हारा!' गगन ने भड़क कर कहा।

ऑटो चालक हिमाकत से हँसा और उसने ऑटो आगे दौड़ा दिया। बड़ी देर खड़े रहने के बाद उसे दूसरा ऑटो रिक्शा मिला साढ़े तीन सौ में।

गगन के मन में इस वक़्त उथल-पुथल मची थी। उसे यह भी शक था कि उसकी माँ उसे पहचान भी पाएगी या नहीं। टी.वी. प्रोग्राम देखने की वजह से उसे माँ का चेहरा परिचित लगेगा, ऐसा उसका विश्वास था। उसे इतना पता था कि ओशिवरा में उसकी माँ का मकान है लेकिन मकान का नाम, नम्बर कुछ उसके हाथ में नहीं था। उसे माँ की बेहद धुँधली याद थी। उसका एक मन हुआ, वह उन्हें फोन करे लेकिन दूसरे मन ने कहा, अगर उन्होंने फोन पर ही उसे आने से रोक दिया तब क्या होगा। उसका वाहन इस वक्त पवई से गुज़र रहा था। गगन को लगा माँ के पास जाते समय अपना हुलिया दुरुस्त करना बेहतर होगा। चार दिन की हजामत और ताज़ा यतामत चेहरे पर ओढ़ कर वह वहाँ पहुँचेगा तो माँ सोचेंगी कोई चोर-उचक्का आया है। उसने ऑटो चालक से कहा, 'बाजू में सलून पर गाड़ी रोकना, शेव बनवानी है।'

'खाली पीली टाइम खोटा करने का नहीं। वेटिंग का पैसा अलग से पड़ेगा।' कहते हुए ऑटो चालक ने एक केश कर्तनालय के सामने ऑटो रिक्शा रोक दिया।

गगन ने दोनों बैग वाहन में ही छोड़े और सलून में घुस गया।

उसे ध्यान आया डेढ़ महीने से उसने बाल भी नहीं कटवाए हैं। उसने सब काम करवाए और डेढ़ सौ रुपए हेयर ड्रेसर को दिए।

हेयर ड्रेसर ने कहा, 'दाढ़ी बना कर तो आप एकदम हीरो का माफिक लग रहे हैं सर।'

गगन मुस्कुराया। शीशे में अपनी छवि देख कर उसने सोचा, 'माँ, कम से कम, धक्का दे कर बाहर करने से पहले मेरी तरफ़ देखेंगी ज़रूर।'

बाहर आकर गगन का जी धक् से रह गया। इस बीच उसका ऑटो चालक गायब हो गया। उसका सामान भी नदारद था। यह एकदम

नई स्थिति थी जिसके लिए गगन तैयार नहीं था। अब तो माँ के पास पहुँचना और भी अनिवार्य हो गया। कपड़े और किताबों के बिना वह लुटा-पिटा नज़र आने लगा। आस-पास अन्य सभी वातानुकूलित दुकानें थीं जिनके शीशे बन्द थे। उनसे पूछना फिज़ूल होता। कुछ दूरी पर अंडेवाले की रेहड़ी थी। उसने उससे पूछा। उसने मुँह और कान के पास हाथ घुमा कर बताया कि उसे नहीं मालूम।

वापस वाशी जाने की ज़रा भी इच्छा नहीं हुई गगन की। उसने अपने सभी दोस्तों को एक-एक कर याद किया। एक भी ऐसा न था जिसके घर वह शरण पाता।

गगन ने हाथ के इशारे से एक ऑटो रिक्शा रोका और पूछा, 'ओशिवरा, कितने पैसे?'

ऑटो चालक ने हैरानी से उसे घूरा, 'मीटर से चलता है मैं।'

ओशिवरा आते देर न लगी। ड्राइवर ने मुड़ कर पूछा, 'ईस्ट या वेस्ट?'

गगन क्या बताता। उसने कहा, 'कोई होटल, कैफे हो तो वहाँ ले चलो।'

ड्राइवर ने कहा, 'साब सामान किधर है आपका?' मन तो हुआ गगन का, कि फट पड़े, 'तुम जैसा ही एक मवाली ले कर भाग गया' पर यह संकट काल था, क्रोध से काम और बिगड़ता। उसने कहा, 'ठहरना नहीं है, एक पता ढूँढ़ना है।'

'कौन का? बोलने से?'

'वह टी. वी. पर जो प्रोग्राम करती हैं, 'रुचि शर्मा मैडम।'

'अरे, उनका ठिकाना मैं जानता। उस रोड के बाजू में 'विक्टोरिया चेम्बर्स' में रहतीं वह। उनसे काम माँगने जाता क्या?'

माँ की लोकप्रियता देख गगन की तबीयत खुश हो गई। ऑटो चालक ने उसे एक बड़ी मुसीबत से उबार लिया।

विक्टोरिया चेम्बर्स की विशाल इमारत के आगे उतर कर उसने मीटर के हिसाब से एक सौ बीस रुपए अदा किए। फाटक पर सुरक्षाकर्मी ने रोका। नाम बताने पर कहा, 'रुचि मैडम तो कभी-कभी आती यहाँ। पूछ कर बताता मैं।' कुछ ही पल में उसने इंटरकॉम पर हाथ रख कर पूछा, 'क्या नाम बताने का?'

गगन पशोपेश में पड़ गया। नाम बताने पर माँ की प्रतिक्रिया हमेशा क्रोध और आवेश की होती थी। सुरक्षाकर्मी ने ऊब कर कहा, 'अपना नाम नईं मालूम क्या?'

'गगन' धीरे से जवाब आया।

इस बार इंटरकॉम पर हाथ रख कर उससे पूछा गया, 'मैडम पूछती है क्या काम है।'

'ज़रूरी मिलना है।' गगन ने कहा। उसकी आवाज़ मरियल होती जा रही थी। उसके अन्दर इतना भी मनोबल शेष नहीं था कि सुरक्षाकर्मी को धक्का दे कर आगे बढ़ जाए।

थोड़ी देर बाद सुरक्षाकर्मी ने छोटे फाटक के पास से कहा, 'मैडम की ज़रूरी मीटिंग चल रही है। एक कलाक बाद आने को बोला।'

गगन ने राहत की साँस ली। उसने इधर-उधर देखा। जगह-जगह कारें खड़ी थीं। कुछ गाड़ियों में ड्राइवर बैठे-बैठे ऊँघ रहे थे। तीन-चार आवारा कुत्ते दौड़-भाग में लगे थे। धूप के तेवर ढीले पड़ गए थे। थोड़ा आगे जहाँ सड़क चढ़ाई चढ़ती है, मदर डेरी और अमूल के अड्डों पर दूध के क्रेट उतर रहे थे। वहाँ चार-पाँच अन्य दुकानें थीं जिनमें डबलरोटी, मक्खन और बिस्किट रखे दिख रहे थे। इमारत के सामने बड़ा सा बगीचा था। गगन उसी में जाकर एक बेंच पर बैठ गया।

आस-पास बच्चे खेल रहे थे। कुछ अधेड़ लोग पैदल-पथ पर चल रहे थे। पार्क के दूसरे हिस्से में माली पौधों में पानी दे रहे थे। ये

दृश्य गगन के सामने हो कर भी नहीं थे। प्रतीक्षा का प्रतिपल उसकी परेशानी बढ़ा रहा था।

आखिरकार सवा घंटे बाद उसका मोबाइल कसमसाया।

'अब मुझसे क्या चाहते हो तुम? यहाँ क्यों आए हो?' यह रुचि का फोन था।

'मॉम, मुझे दस मिनिट का वक्त दें। मिल कर मैं आपको सब बताऊँगा।' गगन ने कहा।

'हर बार एक नई कहानी होती है तुम्हारे पास। मैंने कितनी बार कहा है जो भी कहना है अपने पापा से कहो।'

'मॉम, पापा ने मुझे घर से निकाल दिया,' गगन के मुँह से निकल पड़ा।

'ठीक दस मिनिट के लिए तुम आ सकते हो, फ्लैट नम्बर 102।'

गगन के पैरों में स्फूर्ति आ गई। वह लपक कर घर पहुँच गया।

दरवाज़ा खुला हुआ था मगर भिड़का हुआ। गगन के घंटी बजाने पर रुचि द्वार पर आई।

'मम्मा' गगन के मुँह से वही सम्बोधन निकला जो वह दस साल पहले बोलता था।

रुचि ने सोचा था, गगन के कुछ भी कहने से पहले ही वह उसे इतनी खरी-खोटी सुनाएगी कि वह दस की बजाय दो मिनट में ही भाग खड़ा हो। वह उसकी कोई आँसू छाप दास्तान नहीं सुनना चाहती।

गगन की बचपन मार्का भूरी आँखें, भूरे बाल, सुन्दर मुख और लम्बी-पतली काया देख कर रुचि के मन में जो घुमड़ा वह दूध नहीं दर्द था। वह वहीं खड़ी-खड़ी बुक्का फाड़ रो पड़ी कुछ इस तरह कि गगन की आँखें भी बरसने लगीं। वही रुचि को सहारा दे कर अन्दर के कमरे में लाया।

'मम्मा रोना नहीं, मेरी और आपकी एक कहानी है। पापा ने हम दोनों का शिकार किया।'

गगन ने एक-एक कर वाकये गिनाए। आश्चर्य, रुचि को एक भी वाकया झूठ नहीं लगा। हर घटना पर उसे लगा, 'ठीक ऐसा ही मेरे साथ भी हुआ।'

पता नहीं किस मूर्ख ने उक्ति बनाई होगी कि समय से बड़ा उपचार कोई नहीं। यहाँ समय ने घावों को और गहरा किया था और उनमें न मिटने वाली टीस भर दी थी।

गगन ने अन्ततः कहा, 'मम्मा आपने दस मिनिट दिए थे, मैं अब जाऊँ?'

'कहाँ, उसी यातना-घर में?'

'नहीं मम्मा, जो मैंने छोड़ दिया, छोड़ दिया। गुरुद्वारे में कारसेवा कर गुज़र कर लूँगा पर वहाँ कदम नहीं रखूँगा। मेरा तो सामान भी लुट गया है। अच्छा हुआ, उस घर का कोई निशान नहीं बचा।'

'चुपचाप जहाँ बैठे हो, बैठे रहो।' रुचि ने बेटे को झिड़का, 'सुबह से कुछ खाया है?' गगन की चुप्पी पर रुचि समझ गई। उसका मन ग्लानि से भर उठा। वह दिन भर केवल खानपान से जुड़ी कारगुज़ारियों में लगी रहती है और यहाँ उसका इकलौता, निर्वासित बेटा भूखा-प्यासा भटक रहा है।

कुछ देर पहले की मीटिंग में एक प्रायोजक ने उसकी मेज़ पर अपने फार्महाउस में उगे फलों का ढेर लगाया था। रुचि ने सेब काटा और रसोई में सेंडविच टोस्टर में चीज़ टोस्ट बनाया।

गगन भुक्खड़ की तरह खा गया। उसे नाश्ता कभी आज जैसा स्वादिष्ट नहीं लगा था। घर में वह नाश्ते में ज़्यादातर मैगी बनाता था जिसमें से आधी ज़ाया जाती।

तैयार पैकटों में से खाना निकाल कर गरम करते हुए रुचि का दिमाग़ तेज़ी से योजना बना रहा था। अगले कुछ दिन उसे गगन पर ध्यान देना होगा। सबसे पहले उसे कपड़े और किताबें दिलानी होंगी।

सबसे बड़ा सवाल था कि बेटे की आमद के बारे में सर्वेश को जानकारी देनी चाहिए या नहीं। जितना वह उसे जान सकी थी, सर्वेश के अन्दर धीरज का घनघोर अभाव था। फिर बच्चे का प्रसंग उसकी दुखती रग था जिसे वह किसी-न-किसी बहाने याद कर कलप उठता। वह गगन को इस मकान में ज़्यादा दिन गोपन नहीं रख सकती। आजकल सर्वेश काम के सिलसिले में राजकोट गया हुआ था पर तीन-चार दिन बाद उसकी वापसी थी। उसके पास इस फ्लैट की एक चाभी थी। वह कभी भी यहाँ आ जाता। रुँचि के कमरे में सर्वेश के कुछ कपड़े भी रखे थे।

फिलहाल उलझन यह थी कि वह गगन को कैसे बताए कि उसे दूसरी शादी किए काफी वक्त हो गया है। यह बताने पर कहीं वह दुबारा बेघर, बेआसरा न हो जाए। वैसे ही गगन कोई नॉर्मल लड़का नहीं होगा, ऊपर से नया समाचार उसका मनोजगत झिंझोड़ देगा।

इसी सोच-विचार में पालक मशरूम जल गया। गगन ने रसोई में आकर कहा, 'क्या हुआ मॉम, क्या कर रही हो आप?' रुचि अपनी तन्द्रा से जागी। उसने जल्दी-जल्दी दूसरा पैकेट खोलकर मटर पनीर गरम किया और कहा, 'तू चल मैं आती हूँ। यहाँ दो लोगों के खड़े होने की जगह भी नहीं है।'

'इतना छोटा घर क्यों लिया माँ। मैंने तो सोचा था आप बहुत आलीशान मकान में रहती होंगी।'

'अकेली जान को तो यह भी काटने दौड़ता है। मैं घर में रहती कितनी देर हूँ। बस सोने-नहाने आती हूँ।'

'बाकी दिन?'

'हम कई कामकाजी लोगों ने मिल कर वरली में एक ठिकाना बनाया है। काफी समय स्टूडियो में बीत जाता है।'

'मॉम आप मुझे भी टी.वी. में कोई काम दिला दो। मैं अपना जेब खर्च तो कमाना शुरू करूँ। अब मैं बड़ा हो गया हूँ, आपसे या पापा से पैसे माँगने में शर्म आती है।'

'देखो मेरी जो हैसियत है उसमें मैं तुम्हारे लिए काम नहीं माँग सकती। तुम 19 साल के हो गए हो। पहले ही तुम्हारी पढ़ाई पिछड़ गई है। पहले बी. कॉम पूरा करो, फिर कोई विशेष काबिलियत वाला कोर्स करो, तब नौकरी की सोचो।'

'मेरे ज़िन्दा रहने का भी सवाल है माँ। सब कहते हैं तुम्हें फिल्मों में या टी.वी. में काम मिल सकता है।'

'इस दुनिया से दूर रहो तो अच्छा। यहाँ दसियों साल एड़ियाँ रगड़नी पड़ती हैं एक ब्रेक के लिए।'

'पर आप मेरा पहचान-पत्र हो माँ।'

'कोई किसी का पहचान-पत्र नहीं बन सकता गगन। अपनी पहचान खुद बनानी पड़ती है। अब वो दिन गए जब केवल शकल सूरत की बिना पर फिल्मों में, टी.वी. में काम मिला करता था। इन सब लाइनों में मेहनत करनी पड़ती है, इनके खास कोर्स हैं जो पढ़ने पड़ते हैं। पहले अपना ग्रेजुएशन पूरा करो।'

उस रात रुचि वरली नहीं गई। गगन ड्राइंग रूम में दीवान पर सो गया। रुचि को बड़े दिनों बाद यह घर, घर जैसा लगा जिसमें उसके अलावा भी कोई और हो।

अगले तीन दिनों में रुचि ने गगन को सब कुछ दिला दिया, कपड़े, किताबें, तौलिये और नई चादरें। शाम को उसे घर की चाभी देकर समझाया, 'जब कॉलेज जाओ, घर अच्छी तरह से बन्द करके जाना। मैं तीन-चार दिनों में आती हूँ।'

सर्वेश राजकोट से प्रसन्न लौटा। जिस सांसद की अवैध सन्तान के विषय में पता लगाने 'खुलासा' की टीम गई थी, उसके बारे में सब पता लग गया। वे उस घर की वीडियो रिकॉर्डिंग कर लाए थे जहाँ अधीर यादव अपनी माँ के साथ रहता था। माँ-बेटे ने खुलासा टीम के साथ इस उम्मीद से सहयोग किया कि शायद इस रहस्योद्घाटन के पश्चात् सांसद उन्हें सामाजिक स्तर पर स्वीकार कर ले। सांसद विधुर था और उसके पास करोड़ों की सम्पत्ति थी। दिव्यदर्शन पाठक उत्तर प्रदेश की इलाहाबाद संसदीय सीट से आज तक कोई चुनाव नहीं हारा था। श्यामा यादव से उसका नेह नाता कुछ लोगों की जानकारी में था किन्तु दिव्यदर्शन पाठक का दबदबा इतना था कि कोई ज़ुबान न खोलता। वर्चस्व के उन वर्षों में सांसद की पत्नी मीनाक्षी पाठक और श्यामा यादव एक ही कॉलेज के हिन्दी विभाग में पढ़ाती थीं। मीनाक्षी एक कार-दुर्घटना में मारी गईं और श्यामा उसके एक साल बाद त्याग पत्र दे कर कहीं चली गई। कुछ दिन शहर के लोगों को इन्तज़ार रहा कि उसका अता-पता मिलेगा। धीरे-धीरे लोग उसे भूल गए।

इसी श्यामा यादव की भूली हुई दास्तान, खुलासा की टीम ने सर्वेश की अगुआई में खोज निकाली थी कि किस तरह संसद सदस्य पाठक ने शादी के आश्वासन के साथ श्यामा को यौन सम्बन्ध के लिए राज़ी किया और कैसे वह लगातार जनसेवा और लोकछवि की दुहाई

देकर शादी से बचता रहा। उसने उसे अपने संसदीय क्षेत्र से दूर राजकोट के कॉलेज में नौकरी दिलवा दी और बच्चे की परवरिश से इन्कार किया।

इस वक्त सर्वेश सिगरेट के कश लगाता अपनी कामयाबी की शेखी बघार रहा था, 'कल जब मेरी रिपोर्ट छपेगी, बस धमाका हो जाएगा। पाठक के गुरूर का गुब्बारा यूँ फट जाएगा।'

'इससे क्या हासिल होगा?' रुचि से कहे बिना रहा न गया।

'तुम्हें इसका हासिल ही समझ नहीं आ रहा। एक नेता, जनता के सामने आदर्श बघारता है, हर वक्त अपने बलिदान और सादगी का राग अलापता है, उसका भंडाफोड़ होना चाहिए कि नहीं।'

'यह थोड़ा अमानवीय भी है, आप किसी के निजी जीवन में झाँको और जो कुछ भी उसका गोपन है उसे ओपन करो।'

'नेता का जीवन सार्वजनिक होता है। उसमें कुछ भी गोपन नहीं होता। हमारी खोजी पत्रकारिता का उसूल है जो ग़लत है उसे रँगे हाथ पकड़ो।'

'साथ में उस महिला का भी भंडाफोड़ हो जाएगा। हो सकता है उसकी नौकरी पर बन आए या उसका बेटा उससे नफरत करने लगे।'

'कैसा उलट सोचती हो तुम? उस महिला को तो इतने वर्षों का लम्बित न्याय मिलेगा। रही बच्चे की बात। उसे श्यामा यादव पहले ही बता चुकी हैं कि उसका पिता कौन है।'

'कुछ भी हो, मुझे तुम्हारी खोजी पत्रकारिता काफ़ी क्रूर लगती है।'

बीजी ने आकर कहा, 'तुम लोग बहस ही करदे रहोगे कि रोटी-शोटी भी खाओगे। मन्दा तो अज फिर छुट्टी पे सी। जैसी भी बनी, मैइयों बनाई है रोटी।'

'क्यों रुचि तुमने नहीं बनाया खाना?' सर्वेश को ताज्जुब हुआ।

बीजी बोलीं, 'तेरे जाँदे ही ऐदे तो पहिए लग जाँदे हैं। एतवार दी गई ये आज दिसी है।'

'ऐसा क्या काम आ गया। तुमने बीजी की भी फिकर नहीं की?'

'कई मीटिंग थीं। शो को नई शक्ल देनी थी।'

'फिर भी तुम्हें शाम तक घर आ जाना चाहिए। मान लो मन्दा भी घर बैठ जाए तो माँ को कौन देखे?'

बेटे को उखड़ते पाकर बीजी वापस रसोई में चली गईं।

'सर्वेश मेरे काम के घंटे कितने अजीब हैं, तुम जानते हो।'

'जब मैं शहर में रहूँ, तुम्हें पूरी छूट है, जैसे मर्ज़ी आओ-जाओ।'

रुचि ने मुस्करा कर अपना जादू जुमला इस्तेमाल किया, 'इसीलिए तो मैं सबसे कहती हूँ, तुम तो मेरे पन्द्रह अगस्त हो।'

सर्वेश का मूड भी अच्छा हो गया। उसे इसी के साथ खयाल आया कि उसकी ज़िन्दगी का अकेलापन इसी ठुमरी सी ठिगनी, प्यारी, चंचल रुचि की वजह से दूर हुआ। इसने आते ही घर में कितनी व्यवस्था ला दी और जीवन में बहार। सही अर्थों में यही है उसकी छब्बीस जनवरी! पहले विवाह की तिक्तता और रिक्तता दोनों से मुक्त होने में रुचि का बहुत योगदान था। जिन छोटी बातों पर उसकी पूर्व पत्नी मनजीत तूफान खड़ा कर देती थी, रुचि उनकी तरफ़ ध्यान भी न देती जैसे सिगरेट की राख चाय के कप में झाड़ना, बिना पैर धोये बिस्तर पर लेटना, या बिना ब्रश किए सो जाना।

'मेरे लिए तुम वह हो जो एक विज्ञापन बोलता है—सपनों की होम डिलिवरी।'

रात बादलों पर तैरते हुए बीती। तकियों के तालमेल ने करवटों की हिमाकत के आगे हार मान ली। साँसों का सितार झाला बजाता रहा। दोनों की आत्माएँ एक ही आकुल पुकार करती रहीं, 'हम इतनी देर से क्यों मिले!'

उस पूरे सप्ताह ऊष्मा की स्फूर्ति रुचि और सर्वेश को तरंगित करती रही। दोनों एक दूसरे की उपलब्धियों से खुश रहे।

जीने के उत्साह में रुचि को वे खाने भी अच्छे लगे जिनसे उसे प्राय: परहेज़ था। राजमा उसे गरिष्ठ पदार्थ लगता था और बेमज़ा। एक दिन घर में बीजी ने राजमा बनाए तो रुचि ने खूब तारीफ़ करके खाए। उसने कहा, 'आपने इतनी मुश्किल चीज को कैसे इतना सुपाच्य बना दिया, यह ताज्जुब है।'

बीजी ने कहा, 'देख मेरी गल सुन। घर में भले ही घासफूस बनाओ, परोसते वक्त ओदे विच इक चम्मच मुहब्बत रला दो। चीज़ आपे ही सवाद हो जागी।'

रुचि हँसी, 'वाह बीजी आपकी बात मैं अगले एपिसोड में जरूर बताऊँगी। इक चम्मच मुहब्बत तो नायाब रेसिपी होगी।'

शुक्रवार की रात ऑफिस से घर आते वक्त सर्वेश ने अपनी गाड़ी ओशिवरा की तरफ़ मोड़ दी। उसे अपना कत्थई कुर्ता और क्रीम रंग की जैकेट शनिवार की प्रेस क्लब मीटिंग के लिए चाहिए थी।

अपने चाभी के गुच्छे से जब उसने फ़्लैट का दरवाज़ा खोला, एक बार बाहर निकल उसने नम्बर पढ़ा। वह अपने ही घर में आया था। कमरे में हर चीज़ बिखरी पड़ी थी। मेज़ पर कॉफी, चाय के जूठे प्याले, सोफे पर खुले हुए अखबार और फर्श पर स्लीपरें और जूते। रसोई में जूठी प्लेटों का अम्बार लगा था। चारों तरफ़ बिखरापन। उसने फाटक के सुरक्षाकर्मी से पूछा, 'घर में पीछे से कोई आया था क्या?'

सुरक्षाकर्मी बोला, 'जी रुचि मैडम के बेटे रहते हैं यहाँ। कभी उनके दोस्त लोग आए होते हैं।'

दिमाग का चक्का उलटा घूमने लगा सर्वेश का। रुचि का बेटा कहाँ से आ गया, वह भी इतना बड़ा जो यहाँ पर हो। उसने रुचि को फोन लगाया। रुचि के प्रोग्राम की रिकॉर्डिंग चल रही थी। उसके सहायक ने बताया, 'मैम को थोड़ा वक्त लगेगा सर, मैं उनसे फोन करवाता हूँ।'

गुस्से का गुबार धूल की तरह उसके दिल-दिमाग में फैलता गया। उसने किसी तरह बेतरतीब सामान सरका कर अपने कपड़े आलमारी से निकाले। किसी ने उसके कपड़े हैंगर से हटा कर शेल्फ़ में रख दिए थे।

हैंगर में अजीब–ओ–गरीब ग्रेफिटी वाली टी शर्ट और जींस लटके हुए थे। उसने भड़ाम से आलमारी बन्द की और जानबूझ कर ताला नहीं लगाया। फाटक पर उसने सुरक्षाकर्मी को डाँटा, 'तुम्हारे होने का क्या फायदा। कोई भी ऐरा–गैरा हमारे घर में घुस जाता है।'

सुरक्षाकर्मी ने कहा, 'मेमसाब खुद अपनी चाभी बाबा लोग को देकर गईं, अपुन क्या बोलने का।'

सर्वेश नारंग को गुस्सा इतनी तेज़ आया कि अगर गगन उसके सामने पड़ता तो मार खा जाता।

घर पहुँचने तक उसने कई जगह ट्रैफिक को कोसा, मुम्बई की भीड़ को गाली दी और झटके से ब्रेक लगाए।

अभी वह गाड़ी पार्किंग परिसर में लगा रहा था कि फोन झनझनाया। यह रुचि थी।

'सॉरी डार्लिंग, अभी खाली हुई हूँ। लगातार रिकॉर्डिंग हुई।'

सर्वेश ने कहा, 'तुम क्या करती हो, कहाँ रहती हो इसका हिसाब मेरे पास क्या है?'

'हलो, मैं रुचि बोल रही हूँ।'

'सुन लिया मैंने; बहरा नहीं हूँ। और भी बहुत कुछ सुन लिया। तुम्हारे घर से आ रहा हूँ।'

रुचि का जी धक् रह गया।

गगन के आ जाने के शुरुआती दिनों में उसे बेचैनी और आशंका थी कि इस नई स्थिति का रहस्योद्‌घाटन किस तरह होगा। लेकिन फिर काम–काज की सघनता और संलिप्तता ने भय का दंश कम कर दिया। उसे यह भी आश्वासन था कि अपने पहले विवाह के बारे में उसने सर्वेश को बता ही रखा है। जिस दिन उसे पता चलेगा, वह आहत होगा, आहत करेगा लेकिन अन्ततः इस तथ्य को स्वीकार करेगा, ऐसा रुचि का खयाल था।

रुचि भागी हुई घर आई। वहाँ सर्वेश नहीं था। मन्दा ने उसे एक चिट पकड़ाई जिस पर लिखा था 'माँ के सामने मैं कोई ड्रामा नहीं चाहता। सी.सी.डी. पर मिलो, मैं वहीं हूँ।' रुचि उलटे पैरों कैफे कॉफी डे पहुँची। 'अ लॉट कैन हैपन ओवर कॉफी' साइनबोर्ड पढ़ कर उसने मन ही मन कामना की, हे भगवान, सर्वेश का गुस्सा शान्त हो जाए। यह वह जगह है जहाँ वे घंटों बैठते और प्यार की बातें करते थे। वे ही दिन लौट आएँ।

सर्वेश काउंटर के सबसे करीब वाले कोने में बैठा सिगरेट पी रहा था। कॉफी का मग उसके सामने रखा था, भरा हुआ और अनछुआ। रुचि ने सामने बैठते ही कहा, 'आय एम सॉरी सर्वेश। मैं तुम्हें बताने ही वाली थी।'

'तुमने क्या सोचा। मुझे पता नहीं चलेगा। मैं खोजी कुत्ता, मेरे घर में सेंध लग रही और मैं ही अनजान हूँ, लानत है मेरी जॉब पर। मेरी बीवी अचानक एक पला-पलाया, हट्टा-कट्टा साँड़ मेरे सामने खड़ा कर कह रही है यह उसका बेटा है।'

'मैंने कहा मैं बताने वाली थी। मैं अपने अन्दर हिम्मत जुटा रही थी।' रुचि ने कहा।

'हिम्मत और हिमाकत की तुम्हारे अन्दर कहाँ कमी है रुचि। तुमने इस गगन नाम के लड़के को उसके घर से अलग करके मँगवा लिया, इसका मतलब इसके बाप से भी तुम्हारी बोलचाल है।'

'तुम गुस्से में गलत समझ रहे हो सर्वेश। उस आदमी से मुझे नफ़रत है। उसने गगन को घर से निकाल दिया। मैंने तो सिर्फ इन्सानियत के नाते गगन को शरण दी है।'

'तुम्हें यह पता है गगन कैसा लड़का है, उसकी सोहबत किन लड़कों से है। तुम्हारा फ्लैट भटियारखाना बन गया है।' सर्वेश का गुस्सा कम नहीं हुआ।

'उसके आने के बाद तो मैं वहाँ पर गई भी नहीं। वक्त ही कहाँ है मेरे पास?'

'तुम इतनी सीधी भी नहीं हो रुचि। आखिर बम्बई जैसे शहर में वह कैसे ज़िन्दा रह रहा है। तुमने उसे काफी रुपए दे रखे होंगे।'

रुचि चुप रह गई। जब गगन ने अपनी ज़रूरतों और मुसीबतों का रोना रोया तब रुचि ने अपना स्टेट बैंक का ए.टी.एम. कार्ड उसे दे दिया था। अपना पिन नम्बर बताते हुए उसने यह भी जता दिया था कि उसके खाते में सिर्फ पचपन हज़ार रुपए हैं। इसके आगे वह किसी मदद की उम्मीद न रखे। यह सब सर्वेश को बताना नई मुसीबत को बुलाने जैसा था।

रुचि ने कन्नी काटते हुए कहा, 'मेरे सामने दो ही विकल्प थे सर्वेश। मैं बेटे को अपनी आँखों के सामने बरबाद होते देखती या उसे सँभाल लेती। मेरे अलावा और उसका है भी कौन!'

सर्वेश का गुस्सा भभक गया, 'मेरे सामने बेटा शब्द बोलने की बेशर्मी कर रही हो। शादी के पहले और बाद में तुमने कभी इसकी भनक नहीं लगने दी। अचानक तुम मेरे सामने यह बेटा नाम का बिगड़ैल बैल पेश कर रही हो। जब मैं बाप नहीं रहा तब तुम्हें भी मैं माँ नहीं रहने दूँगा।'

उन दोनों की आवाज़ें कभी ऊँची तो कभी अस्फुट हो रही थीं। कैफे-काउंटर पर खड़े कर्मचारियों के अन्दर कौतूहल पैदा होने लगा। दोनों प्रसिद्ध हस्तियाँ थीं जिनका इस कैफे में बैठना भी खबर बनने जैसा था। आम तौर पर कैफे के कर्मचारी अपने अतिथियों के वार्तालाप पर गौर नहीं करते लेकिन इस मेज़ का वार्तालाप, आलाप और संलाप की सीमाएँ तोड़ विवाद और प्रलाप पर जा पहुँचा। कैफे का मैनेजर दुविधा में था। इतने नियमित आने वाले ग्राहकों के प्रति वह उद्दंड नहीं होना चाहता था। शान्त रहने की चिट

भिजवाना एक तरीका हो सकता था पर जहाँ तक हो इसके इस्तेमाल से वह बचता।

रुचि की बरदाश्त भी खत्म हो चली थी। उसने कहा, 'यह तो कोई तर्क नहीं है कि अगर तुम अपना बेटा खो बैठे तो मैं भी निस्संतान हो जाऊँ। हम दोनों के बीच यही एक बच्चा शेष है।'

'उसके लिए मेरे अन्दर कोई पितृत्व नहीं है।'

'लेकिन मैं अपने मातृत्व का गला नहीं दबा सकती।'

'मैं तो दबा सकता हूँ', सर्वेश ने दाँत पीसते हुए अपना दाहिना हाथ आगे बढ़ा कर रुचि की गर्दन पकड़ ली। काउंटर के कर्मचारी जो अभी तक छुपी नज़र से इस मेज़ पर की गतिविधि देख रहे थे, लपक कर मेज़ के पास आए और रुचि को पति की गिरफ्त से छुड़ाते हुए बोले, 'सर वॉट आर यू डूइंग टु योर वाइफ?'

तीन मेज़ छोड़ कर मेज़ नम्बर दो पर एक महिला पत्रकार अपने मित्र के साथ मौजूद थी। उसने अपने मोबाइल फोन के कैमरे में यह दृश्य कैद कर लिया।

रुचि की आँखें अवमानना और अपमान से धधक उठीं। इस उग्र, उद्दंड और असभ्य आदमी को वह नहीं जानती। वह इसे अपना साथी कैसे समझे।

वे उठे और अपनी-अपनी कार से अलग-अलग दिशाओं में बढ़ गए।

रुचि ने ड्राइवर से ओशिवरा चलने को कहा।

युनाइटेड चेम्बर्स के फाटक पर सुरक्षाकर्मी बहादुर ने बताया, 'मैडम आप ज़रा बाबा लोग को सँभालें, बहुत हल्ला मचाते आक्खा रात।'

रुचि को यह सुनना अच्छा नहीं लगा। वह लिफ्ट से ऊपर पहुँची।

फ्लैट का दरवाज़ा चौपट खुला था। अन्दर गगन और दो अन्य लड़के पंचम सुर पर धूम के गाने पर उछल-कूद कर रहे थे। सारे घर

की बत्तियाँ जली हुई थीं। कमरे में सिगरेट का धुआँ इतना ज़्यादा था कि रुचि को खाँसी आने लगी।

गगन आगे बढ़ कर आया, 'मॉम हलो, वीक एंड पर मेरे दोस्तों ने डांस और डिनर का प्रोग्राम बनाया है, होप यू डोंट माइंड।'

रुचि की मुद्रा देखकर दोस्तों ने अपने कदम रोके। उन्होंने एशट्रे में सिगरेटें कुचलीं और इशारे से गगन को संकेत किया कि वे जा रहे हैं।

जैसे ही गगन अकेला सामने पड़ा, रुचि ने एक दन्नाता हुआ थप्पड़ उसके गाल पर लगाया, 'यू रोग!'

गगन सिर झुकाये चुपचाप खड़ा रहा।

'इसीलिए मुझसे शरण माँगने आए थे कि मेरा नाम भी डुबो दो। वापस जाओ अपने बेहूदे बाप के पास, वही तुम्हारा सही ठिकाना है।'

बिना कोई सफाई दिए, गगन ने यही कहा, 'ममी गलती हो गई, माफी दे दो।'

'यह दुर्गन्ध कैसी आ रही हे कमरे से?'

'वो लड़के स्मोक कर रहे थे।'

'सिर्फ सिगरेट की बदबू नहीं है यह गगन। तुम नशा करने लगे हो।'

'ममी इन लड़कों ने भरी हुई सिगरेट पी थी, मैंने नहीं।'

गगन ने हकलाते हुए कहा और पास रखी कुर्सी पर निढाल, बेहाल बैठ गया। उसकी आँखों में लाल डोरे खिंचे थे। बैठा-बैठा ही वह तंद्रा में चला गया।

रुचि का मन हुआ वह वापस वरली चली जाए लेकिन वहाँ भी यहाँ की आँच पहुँच चुकी थी। इसी गगन के कारण वह अपने साथी से संघर्ष की स्थिति में आई। व्यतीत कब तक उसका पीछा करेगा, कहना मुश्किल था। 'सेकेंड टाइम लकी,' दूसरी बार खुशकिस्मत लोग

पता नहीं किस गड्ढे में अपना व्यतीत दबा-छिपा कर रखते होंगे। प्रसिद्ध लोगों के लिए गोपनीयता एक असम्भव मरीचिका है।

इसका पूरा परिचय उसे अगली सुबह मिला जब हर अखबार के स्थानीय पन्ने पर, कहीं दो कॉलम, कहीं तीन कॉलम में उसकी वह तस्वीर छपी हुई थी जिसमें सर्वेश नारंग के हाथ उसकी गर्दन पर कसे हुए थे। तस्वीर के नीचे कहीं शीर्षक था, 'रुचि की रसोई का स्वाद बेस्वाद।'

कहीं लिखा था, 'यह खुशियों की होम डिलिवरी नहीं है।' एक अखबार ने बड़ा-सा प्रश्नचिह्न लगा कर पूछा था, 'क्या यही प्रेम है?'

बाई की मदद से अभी रुचि अपना बिखरा घर ठीक भी नहीं कर पाई कि पत्रकारों ने उसका फोन घरघराना शुरू कर दिया, सबके पास एक-से-एक सवाल थे :

'रुचिजी सी.सी.डी. में कल रात क्या आपका अपने पति से झगड़ा हुआ था?'

'रुचिजी, सर्वेश जी ने आपके गले पर हाथ क्यों रखा हुआ है?

'रुचि क्या यह भी कोई नई व्यंजन विधि की रिहर्सल चल रही है?'

'ऐसा कुछ नहीं है, आपको गलतफहमी हो रही है' जैसा गोलमोल जवाब रुचि के मुँह से सुनने पर पत्रकार निराश हुए। उन्होंने अपने माइक्रोफोन का मुँह सर्वेश की तरफ मोड़ दिया। सर्वेश से उनके सवाल ज़्यादा तीखे और तल्ख थे।

'आप दोनों का प्रेम विवाह हुआ। क्या आपने अपनी पत्नी का गला प्रेमवश पकड़ा हुआ है?'

'आपके बीच क्या बात हुई कि आप उनका गला दबाने लगे?'

'सुना है आपकी पत्नी ने इस घटना के बाद आपको छोड़ दिया।'

सर्वेश ने एक पत्रकार से कहा, 'यह सब एक मज़ाक के अन्तर्गत हुआ। ध्यान से देखिए, वह रो भी नहीं रही है।'

उसने दूसरे पत्रकार को बयान दिया, 'आपको अनुमान लगाने की ज़रूरत नहीं है। वह हमारा निजी मामला है।'

तीसरा पत्रकार ज़्यादा हठी था। उसने कहा, 'सीसीडी जैसे सामाजिक, सार्वजनिक स्थान पर आपका आचरण, बर्बरता की श्रेणी में आता है, इस पर आपको क्या कहना है?'

सर्वेश ने मीडिया को बयान दिया, 'हम दोनों के बीच कोई तनाव नहीं है। हम मज़ाक के मूड में कलह का नाटक कर रहे थे। मैंने उसकी गर्दन पर उँगलियाँ रखीं लेकिन ज़रा भी दबाव नहीं डाला। देखिए गौर से, मेरी पत्नी न तो रो रही है न चीत्कार कर रही है।'

दृश्य मीडिया पर सी.सी.डी. में खींची गई तस्वीर कोण बदल-बदल कर दी जाने लगी। इस पर विस्तृत बहस छिड़ गई कि रुचि के चेहरे का भाव क्या है, क्रोध अथवा हर्ष का, विषाद अथवा सुख का। प्रेम विवाह की सफलता और विफलता पर विचार-विमर्श आयोजित हुआ। नारीवादियों ने इस मुद्दे पर रुचि शर्मा को लानतें दीं कि वह अपने साथ हुई क्रूरता का प्रतिकार प्रचंड शब्दों में क्यों नहीं करती। सभी चैनलों ने रुचि के पाक कला कार्यक्रम दिखाने बन्द कर दिए। इतना विवादग्रस्त चेहरा दिखाना उन्हें उचित नहीं लगा। केवल कुछ पत्रिकाओं में उसके कुकरी कॉलम बचे रहे।

रुचि अपने ओशिवरा वाले फ्लैट में एकाकी बैठ कर सोचने लगी कि उसकी आगामी ज़िन्दगी का नक्शा कैसा हो। गगन प्राय: रोज़ सस्ते नशे की गिरफ्त में कॉलेज से अनुपस्थित रहता। कभी वह घर के सामने बने पार्क की बैंच पर बैठा अपनी नींद पूरी करता, कभी लॉबी में सोया मिलता। अक्सर गार्ड उसे खींचतान कर घर में पहुँचाते। वह जागता, बिसूरता, माफी माँगता। दो-तीन दिन नॉर्मल रहता कि

उसके किसी-न-किसी दोस्त का फोन आ जाता। वह फिर नशे की नाली में लुढ़क जाता।

रुचि की स्थिति विकट थी। उसके सामने कुएँ और खाई का विकल्प था। अगर वह गगन को घर से बाहर निकालती तो यह ऐसा होता जैसे मुश्किल से बचाए गए इन्सान को कगार पर पहुँचा कर वापस पानी में धकेलना।

इस घरेलू घनचक्कर से ज़रा पहले रुचि ने एक नया कार्यक्रम हाथ में लिया था, 'खुशियों की होमडिलिवरी'। अभी उसका पाइलट जमा हुआ था। कार्यक्रम में दिखानी व्यंजन-विधियाँ ही थीं किन्तु उन्हें उत्सवों से जोड़ा गया था। जैसे अप्रैल में बैसाखी के मेले की झलकियों के बीच छोले-भटूरे और लस्सी का बनाया जाना। नवम्बर में दीवाली के धूम धड़ाके के साथ लड्डू की विधि। इसी तरह साल के हर महीने किसी-न-किसी त्योहार का जश्न और जायका दिखाया जाना तय था। इस प्रस्ताव की मंज़ूरी की पूरी उम्मीद थी।

रुचि ने कार्यक्रम के निर्माता मेहरा ब्रदर्स को फोन पर अपनी असमर्थता बतानी चाही।

'मैं इन दिनों थोड़ी समस्याग्रस्त हूँ, यह प्रोग्राम नहीं कर पाऊँगी।'

मेहरा ब्रदर्स के बड़े भाई ज्योतिस्वरूप ने कहा, 'कौन समस्याग्रस्त नहीं है रुचि जी। हमारे सामने भी बड़ी-बड़ी मुश्किलें हैं। इससे दुनिया के कामकाज बन्द नहीं हो जाते।'

'मेहराजी मेरी मानसिक स्थिति ठीक नहीं है। आपका प्रोग्राम हँसी-खुशी और मेले-ठेले का है। मैं निभा नहीं पाऊँगी। अवसाद गीले तौलिये की तरह मेरे मन पर पड़ा है।'

'तब तो और भी ज़रूरी है कि आप हमारा प्रोग्राम करें। इतने रंग-बिरंगे दृश्य देखकर आपका अवसाद छूमंतर हो जाएगा।'

'बाद में देखा जाएगा। अभी तो आपका पाइलट जमा हुआ है।'

'रुचिजी हमें पाइलट मंजूर करवाना आता है। आप तैयार रहिए। द शो मस्ट गो ऑन।'

रुचि का आत्मसम्मान थोड़ा-सा तुष्ट हुआ। दरअसल अखबारों ने समस्त गोलाबारी सर्वेश नारंग की तरफ़ मोड़ दी। उसके कृत्य को पुरुषवादी सोच घोषित कर सभी स्त्रीवादी संगठन उसके खिलाफ़ मोर्चा खोले हुए थे। सर्वेश के बारे में खोजी पत्रकार ऐसी-ऐसी खबरें खोज कर ला रहे थे जिनसे रुचि भी अनभिज्ञ थी। यह लगभग तय था कि उसे अब वापस सर्वेश के पास नहीं जाना था। उसका सुख का सपना दूसरी बार टूटा था। कहाँ वह उसे अपना पन्द्रह अगस्त मानती थी, कहाँ वह उसका छह अगस्त बन गया। उसने उसे हिरोशिमा की तरह ध्वस्त किया। सर्वेश और गगन उसके विध्वंसीकरण के दो ध्रुव थे।

रात भर रुचि सोच-विचार में डूबी रही। सुबह के सूरज के साथ उसने निश्चय किया कि वह पति-पुत्र किसी की भी ज़्यादती नहीं सहेगी। वह अपना थोड़ा-सा सामान उठा कर कामकाजी लड़कियों के होस्टल में चली जाएगी।

घर छोड़ने से पहले कुछ ज़रूरी बातें गगन को बतानी, समझानी आवश्यक थीं। लेकिन एक क्या तीन-चार दिन बीत गए, गगन का कोई अता-पता नहीं था। उसका मोबाइल भी लगातार बन्द मिल रहा था। रुचि को नए सिरे से चिन्ता होने लगी। गगन के साथ कहीं कोई अनहोनी तो नहीं हो गई। वह किससे पूछे, कहाँ जाए।

घर में मनहूस अकेलापन था और सन्नाटा। पिछले आठ महीने से रुचि को परिवार की आदत पड़ गई थी। सर्वेश के साथ में उसे दोस्त, हमदम और सलाहकार की तिहरी उपस्थिति मिलती थी। वरली में तो यह सान्निध्य था ही, जब वह ओशिवरा आ जाता, तब तो उन दोनों का हनीमून मन जाता।

पिछले कई महीने से गगन का साथ रहा। उसके होने से घर लौटना, घर में पैर फैला कर बैठना रुचि को अच्छा लगने लगा था। वह बाई से कह कर नई-नई सब्जियाँ बनवाती और आग्रह से बेटे को खिलाती।

यह समस्त पारिवारिकता इस वक्त घर से गायब थी। रुचि वार्डरोब खोल कर बार-बार देखती। जिन दो लोगों के कपड़ों से यह भरी थी, दोनों यहाँ नहीं थे। कपड़ों में उनकी गन्ध थी, उनका स्पर्श था और उनकी प्रतीक्षा थी। रुचि की आँखों से नींद उड़ जाती। अपने आगामी जीवन पर विचार करते वह चिन्तातुर हो जाती। दूसरी बार

जीवन की बाज़ी हारना जानलेवा अनुभव था। प्रभाकर से अलगाव के समय उसके अन्दर आक्रोश की आग के साथ आत्मविश्वास का उत्ताप भी था। आर्थिक रूप से निराधार होते हुए भी उसे लगा था कि ज़ालिम इन्सान के साथ रहना एक ज़लालत है। आज उसके पास पर्याप्त धन-साधन थे लेकिन उसका मन डगमग नैया बना हुआ था। चार दिन के एकान्तवास के बाद उसे लग रहा था कि कोई कमी उसी में है जो रिश्तों में फाँक पैदा हो जाती है।

सन्नाटे से तंग आकर एक दिन रुचि ने सोचा लैपटॉप पर अपना काम करे। कई पत्रिकाओं में उसे अपने कॉलम की अगली किस्त भेजनी थी। अपनी आगामी पुस्तक भी वह इसी सिस्टम की विंडोज़ में टाइप करती थी। अपनी ईमेल देखने के लिए उसने इनबॉक्स खोला तो उसकी हैरानी का ठिकाना न रहा। सिर्फ ग्यारह घंटे पहले सर्वेश नारंग ने उसे ई-मेल किया था। धड़कते मन से रुचि ने नारंग पर क्लिक किया। लम्बा सा खत था, हिन्दी, अंग्रेजी मिला हुआ। सर्वेश ने लिखा था :

डियर रुचि,

अब तक तुम्हारा गुस्सा उतरा या नहीं।

मेरे सामने एक नया सवाल खड़ा हो गया है। दो रोज़ पहले मैं घर के सामने की झुग्गी-बस्ती में चरस और गांजे के अड्डे का पता लगाने गया था। मेरे साथ दो लोग और थे। पहले तो कोई कुछ बता ही नहीं रहा था। जब हम निराश हो कर लौटने की सोच रहे थे, एक नौ-दस साल के लड़के ने पास आकर इशारा किया कि पीछे वाली झुग्गी में जाओ। वह कुख्यात क्रिमिनल काज़िम लँगड़े का अड्डा था। वहाँ उस वक्त भी कई ग्राहक बैठे हुए नशा कर रहे थे। हमने ऐसा दिखाया जैसे हम भी ग्राहक हैं। लेकिन काज़िम ताड़ गया। उसने उठ कर हमें हकाला, 'जाओ भाई, यहाँ ख़ाली-पीली गरदी नहीं लगाना। मेरे पास कुछ नईं है।'

मैंने उसी की बोली में कहा, 'सिंगल का डबल देंगे बॉस।' काज़िम उस पर भी नहीं माना, 'मेरे पास कुछ भी नहीं है।' तभी वहाँ बैठे लोगों में एक लड़का बेंच से लुढ़क कर ज़मीन पर गिर गया और पेट पकड़ कर चिल्लाने लगा, 'मेरे पेट में आग लग गई, आग लग गई।'

लड़का बुरी तरह हाथ-पैर पटक रहा था। मैंने उस पर ध्यान दिया। मुश्किल से सत्रह-अठारह का लग रहा था। सिर पर घुँघराले बाल थे, उसका गोरा रंग मैला लग रहा था। जींस और टी शर्ट भी कई दिन पुराने लग रहे थे। रुचि उसे देख कर मुझे एकदम अंश का ध्यान हो आया।

काज़िम ने पास जाकर उस लड़के को झिड़का, 'इदर में खाली पीली डिरामा दिखाना नहीं माँगता। फूट लो, लॉकर।'

मैंने कहा, 'इसे डॉक्टर को दिखाओ, यह बीमार है।'

काज़िम ने कहा, 'मेरे को क्या मालूम कौन है यह।'

हमारे एक साथी ने कहा, 'मैं डॉक्टरी जानता हूँ, सर्वेश जी इसे यहाँ से बाहर निकालें।'

किसी तरह उस लड़के को खींचतान कर गाड़ी में लादा और डॉ. देशपांडे के दवाखाने पर ले गए। डॉक्टर ने लड़के की आँखें देखते ही कह दिया, 'नशे की ओवरडोज़ ले रखी है। इसका इलाज मैं क्या करूँगा। इसे जीवन ज्योति सुधारघर में दाखिल कर दीजिए। नशेड़ियों का इलाज वहीं पर होता है।'

अब तक लड़का बेहोश हो चुका था।

हम लोगों की तबीयत तो हुई डॉक्टर के फाटक पर ही इसे डाल कर वापस चले जाएँ।

ऐसा हम कर नहीं सके। मुझे बराबर अंश की याद आती रही। सच कहूँ तो किसी अच्छे घर का लड़का दिखाई दे रहा था वह। पता नहीं कौन हैं इसके अभागे माँ-बाप।

सुधार घर में मरीज़ दाखिल करने की लम्बी-चौड़ी नियमावली होती है।

तो यही तय हुआ कि मेरे घर की बालकनी में इसे लिटा दिया जाए। जब इसे होश आएगा, अपने घर चला जाएगा।

बीजी को तो जैसे एक काम मिल गया।

कल से उसी में लगी हैं। अब उसे थोड़ा होश आया है। लेकिन वह अपने बारे में कुछ नहीं बताता। गुमसुम पड़ा हुआ है।

मेरा सुझाव है तुम एक बार घर आकर बीजी को समझाओ कि उसे जाने दें। आखिर हम पराये लड़के को कितने दिन अपने यहाँ रख सकते हैं। उन्हें तो हर लड़के में अपना पोता नज़र आने लगता है।''

ई-मेल पढ़ते हुए रुचि के दिमाग को कई झटके लगे। इतने नाटकीय घटनाक्रम की तो उसे कल्पना भी नहीं थी। पता नहीं किस अनजान प्राणी को घर ले आए हैं ये। यह देख कर रुचि को अच्छा भी लगा कि सर्वेश ने उसी खुलूस के साथ उसे खत लिखा जो उसकी शख्सियत का हिस्सा थी, बिना किसी तल्खी या तेवर के, बिना शिकवा-शिकायत के।

थोड़ी देर के लिए सभी व्यंजन विधियाँ भूल गई रुचि। बड़ी तीव्र उत्कंठा हुई अपने घर पहुँचने की। उसने गाड़ी की चाभी और पर्स सँभाला और ड्राइवर से जाकर कहा, 'जल्दी चलो, वरली।'

प्रभादेवी पर हमेशा की तरह ट्रैफिक रुका हुआ था। रुचि ने ड्राइवर से कहा, 'मैं भीड़ पार कर के टैक्सी लेती हूँ, तुम घर पर आ जाना।'

ड्राइवर पवार बुज़ुर्ग और तजुर्बेकार था। उसने कहा, 'मैडम तसल्ली रखिए, रोज़ जाम लगता है तो रोज़ खुलता भी है। उतने ही टाइम में आप पहुँच जाएँगी।

अन्ततः जब रुचि मार्कंडेश्वर मन्दिर के पीछे हैपी अपार्टमेंट्स के चौथे माले पर पहुँची, उसने देखा, घर का द्वार खुला पड़ा है। वह सीधी अन्दर पहुँची। बैठक में कोई नहीं था। सुबह के अखबार बेतरतीब पड़े हुए थे। बीजी के कमरे से आवाज़ें आ रही थीं। सबसे पहले मन्दा ने उसे देखा, 'मेमसाब आ गईं।' उसने खुशी से कहा।

सर्वेश बीजी के कमरे से निकल कर आया। एक पल रुचि और सर्वेश एक-दूसरे को देखते रह गए। सर्वेश ने आगे बढ़ कर रुचि के दोनों हाथ थाम कर कहा, 'आओ, अन्दर आओ न।'

बीजी कमरे में तख्त पर बैठी थीं। उनके हाथ में खाने की थाली थी। कुर्सी पर कोई लड़का बैठा हुआ था जिसे बीजी रोटी का कौर बना कर खिला रही थीं, 'भूख किद्दा नहीं है तैनूँ। खाएगा तभी सेहत बनेगी न तेरी।'

रुचि ने बीजी को नमस्ते की और एक नज़र लड़के पर डाली तो स्तंभित रह गई।

यह उसका बेटा गगन था जिसे बीजी इतने इसरार से खिला रही थीं।

गगन माँ को आया देख कर ठगा सा खड़ा हो गया।

गगन ने झुक कर माँ के पैर छुए और कहा, 'ममा मुझे माफी दे दो। मैं आपका कपूत हूँ।'

सर्वेश सारी परिस्थिति समझ गया। बीजी ने कहा, 'रुचि यह तेरा मुंडा है, तूने कदी दस्या ही नईं।'

कमरे से बाहर साथ निकलते हुए सर्वेश ने धीरे से कहा, 'तुमने यह क्यों नहीं बताया कि तुम्हारा बेटा भी नशे की चपेट में है?'

'तुमने मौका ही कहाँ दिया सर्वेश?' रुचि ने अफसोस से कहा।

'मुझे तो इसमें अंश दिखा इसलिए चरस के अड्डे से इसे उठा लाया।'

सर्वेश ने विस्तार से दो दिन का घटनाक्रम बयान किया।

रुचि ने कहा, 'तुमने इसे जीवनदान दिया सर्वेश, मैं जीते जी यह बात कभी नहीं भूलूँगी। इसे लेकर अब मैं चलूँ?'

सर्वेश उसकी आँखों में देख रहा था। उसने कहा, 'कहाँ जाओगी, उस मनहूस मकान में जहाँ परिवार का एक भी प्राणी नहीं रहता। यह तुम्हारा घर है, मैं तुम्हारा हूँ, बीजी और गगन भी तुम्हारे हैं। मुकेश का गाया एक गाना याद आ रहा है 'मेरा घर खुला है, खुला ही रहेगा तुम्हारे लिए।' हम सब साथ रहेंगे। ज़्यादा नहीं, बस कभी-कभी लड़ेंगे।'

रुचि मुस्कुरा दी, 'तभी तो तुम मेरे पन्द्रह अगस्त हो सर्वेश।'